백한이 장편소설

백혈귀
위라크라

한누리
미디어

차례

Ⅰ. 대자연의 이변 • 9

Ⅱ. 축제의 장 • 49

Ⅲ. 자연현대(Natural Modernism)의
깃발을 높이 들자 • 62

Ⅳ. 아름다운 루마니아 • 77

Ⅴ. 드라큐라 성 • 118

Ⅵ. 구원의 나락 • 153

Ⅶ. 최후의 만찬회 • 185

I. 대자연의 이별

어느 것이 대들보이고 서까래인지 구별할 수가 없다.

'공생의 지렛대.'

둥글고 육중한 철골들이 질서 정연하게 서로 붙들고 웅장한 공간을 만들어, 세계 인종들이 교차하는 모습이 평화를 지향하는 다음 세대 영화의 한 장면 같다.

곡마단 가설극장처럼 형형색색의 사람들, 그들은 제각기 비행기표 좌석 지정을 받고 짐을 부치는 이, 의자에 앉아 누군가를 기다리는 모습. 입장권을 사들고 비밀 통로 같은 검색대로 나가는 사람들로 쉼없이 흐르는 물처럼 움직이고 있다.

아직도 부화하지 않은 누에 알판처럼 검은 전광판에 춤추듯 움직이는 빨간 불빛 자막 그것은 2002. 11. 27. KLM866 글자가 아주 느리게 명멸하고, 또 명멸하면서 생성과 소멸의 연극을 한다.

무언가 팽팽하게 챙겨 넣은 큼직한 배낭을 짊어지고 나타난 원경수를 반갑게 맞이한 계오린은 '빨리 배낭을 부치고 검색대로 오라' 말하고 형광판을 흘겨보며 검색대로 먼저 나간다.

계오린은 앞사람이 하는 대로 사진기, 손가방을 X-ray 검색대 위에 올려놓고 동전 한닢까지 꺼내어 바구니에 담아 밀었다. 그랬더니 잠바도 벗어 놓고 통과하라 한다.

저승문을 들어선 계오린은 예쁜 문지기에게 온몸 구석구석을 수색 받아야 했다.

혹시나 저승에 무엇을 가져가고 있는지 곤색 유니폼의 검색원은 몹시나 궁금한 모양이다.

그저 부모가 애써 당초 만들어 준 것 그대로 가져가는데 하기야 처음보다 징그럽게 크지만, 계오린은 예쁜 아가씨가 몸을 뒤지는 것에 야릇한 기분으로 좀더 세심하게 조사를 해주었으면 하는 요상한 생각이 드는 것이 아마도 신의 조화가 아닌가 싶다.

이번에는 예리하게 훑어보는 문지기가 증명서를 살펴보고 사진과 얼굴을 맞추어 보더니 '어디에 무엇하러 가느냐' 했다.

계오린은 바람 쐬러 유럽엘 간다고 쓰여져 있는 것을 무시하고 제22차 세계시인대회 참석차 간다고 했더니 출국신고서는 받아 놓고 증명서에 고무도장을 찍어 돌려준다.

계오린은 저승문을 통과한 셈이었다.

과연 별천지다.

말씨도 다르고 색깔도 다른 사람이 이곳 저 가게를 드나들며 국적이 다른 물건들을 고르고 사기도 한다.

계오린은 뚜렷한 목적은 없이 면세점 가격이 궁금하여 카메라점에 들렀다. 많은 물건들이 진열되었고 신한국판매사들은 열심히 손님들에게 판매에 대하여 설명을 하고 있었다.

계오린은 자기 가방에 카메라가 있었으면서도 디지털 카메라를 가지고 싶어 여기 오기 전에 목동 할인점에 간 일이 있었다.

거기서는 5십4만원으로 표시되어 있었던 똑같은 카메라인데도 이곳 별천지에서는 5십5만원으로 표시되어 있었다. 소문과는 달리 저승문 안에서는 세금을 면제해 주기 때문에 세금만큼 싸다고 했는데 어찌된 영문인지 더 비싸게 팔고 있었다.

저승안에서도 어느 놈이 사기를 치고 있었다.

계오린은 입가가 씁쓸했다.

그러나 자신에게는 별로 상관없는 것이다라고 생각하려 하면서도 패씸한 맛을 지울 수가 없다. 그의 못된 성질 때문일 것이다.

계오린은 네덜란드 스키폴 면세점하고 비슷하지만 더 넓고 웅장하다고 자랑한 제나라 것에 대한 자긍심이 몹시 상하는 기분이었다.

그래서 계오린은 이리저리 돌아다녀 보니 스키폴 공항보다 여기에는 손님들이 너무 적다는 판단이 머리를 스쳐간다.

안타까웠다. 손님이 자꾸 많아질려면 작은 것에도 신용과 신뢰를 쌓아 가야 하는데 계오린은 마음 편안대로 생각키로 했다. 그러면서도 뒤틀린 창자는 순조롭게 삭혀내지 못하고 비비꼬인다.

하지만 손님들을 일찍부터 검색 탑승홀에 입장시킨 관계로 순조롭고도 여유가 있어 좋았다. 앉을 자리를 정한 계오린은 동행한 원경수를 기다리며 창밖을 내다보았다.

끝이 보이지 않는 이 광활한 땅은 갯벌과 바다를 인위적으로 메워 만들었다. 인천 앞바다와 영종도 지도를 다시 그려야 할 인천국제공항 개발이 자연생태계 질서에 나쁜 영향을 미치지나 않았을까?

하늘은 요며칠 쌀쌀한 덕분인지 쾌청하게 푸르다. 한 번에 500명이나 태우는 KLM866기의 청남빛 거구는 가을 빛살에 미려한 자태를 자랑하고 있다.

그와 비슷한 아시아나기는 끝차에 밀려 천천히 후진을 하고 있었고 미끄러지듯 구르는 바퀴를 따라 언제나 그러했듯이 묵직한 무전기를 우측 볼에다 대고 슬금슬금 청푸른 제복이 움직이고 있다.

그래도 이 개발사업은 차츰 자리를 잡아가는지 인천공항 출국홀에도 손님들이 붐비고 있었다.

계오린은 어디로 갔는지 게이트에 나타나지 않는 원경수 마중이나 가듯이 팔짱을 끼고 어느 진열장을 지나치는데 먹음직스러운 총각김치를 팔고 있다. 그 점포를 유심히 보니 김치류와 밑반찬을 파는 상점인데 외국 손님이 꽤 많이 붐비고 있다.

한국 음식을 좋아하는 외국인이 자꾸만 늘어난다는 신문기사가 그것만은 고지식하게 보도를 하고 있나 보다라고 생각이 미치자 왜 우리 언론은 법을 판단하고 집행하는 곳과 함께 사회정의 구현의 사명을 다하지 못하고 오히려 위법정신이 판을 치게 하여 점점 살기 어려운 현실을 만들어 갈까 싶다.

'윗물이 맑아야 아랫물이 맑다' 는 속담과 같이 그렇게도 노래를 부르다시피 부정부패를 척결하자 외치고 있지만 작금의 보도 매체는 물론 실제로 부정이 만연한 의식은 기초 질서에서부터 극심하게 나타나고 있다. 천문학 숫자의 혈세를 투입하면서 이천만 수도권 식수원을 정화한다며 예산을 집행하는 한편에는 기하급수적으로 늘어만 가는 위락시설, 사행시설 설비에 속수무책이요, 오수 배출량이 급증하여 한강으로 흘러 들어가고 있는데 단속할 법이 없다며 손을 놓고 있는 관계 기관이나 교묘히 법망을 피해 가는 관계인 면면은 자주 보인다.

뿐만 아니고 법이 없다, 또는 시효가 지났다며 수사를 안 하는 것은 관리기관이나 국가기강을 책임지고 있는 사람들의 전용물처럼 들려 오고 있는 것은 이미 오래 된 것 같다.

법은 명분만 내세울 것이 아니라 사회부정이 두려워하는 칼날이 되어야 할 것이다.

'루마니아 야사(Iasi) 시인대회' 를 위하여 공항에 나온 계오린이 즐거운 스케줄에 마음을 담아야 함에도 여기까지 생각이 미친 것은 그만한 이유가 있는 것이다.

그러나 그는 '세상에 핑계 없는 무덤이 어디 있어' 자책을 하며 다시 먼 방향을 휘둘러 보았다.

그때 방송이 나왔다.

"탑승할 손님 여러분, 지금 스키폴 공항의 요청에 의하여 안내방송을 합니다. 탑승객께서는 티켓과 패스포드를 필히 제시하여 확인을 받으십시오."

이윽고 승객들은 탑승통로로 빨려 들어가기 시작한다.

그동안 찾아도 보이지 않던 원경수가 어느새 먼저 통과하고 있지 않은가?

일단 안심하고 뒤쫓아 들어간 계오린은 신문을 챙겨들고 35H 지정 좌석을 찾았다.

35H 좌석은 바로 화장실 옆 비상 탈출구 앞이었다. 승무원 자리와 마주하며 넓은 공간을 확보하고 있어 좋았다.

그러나 틀림없는 화장실 문지기가 되었으니 자신의 생각과는 상관없이 만물상을 보게 되었다. 후진으로 서서히 빠져 나온 기체는 비행 활주로에 대기, 관제탑의 지시를 기다리는 듯 공회전을 계속 하고 있다.

잠시 후 계오린의 머리는 바쁘게 굴러가고 있다.

자그마치 기체 자체가 350톤, 승객이 만석이니 500명, 거기다가 수하물 무게를 합치면 이 엄청난 중량이 어떻게 하늘을 날 수 있을까? 생각이 거기에 미치자 '어차피 귀착지 검색대를 빠져 나가기 전에는 저승일 수밖에 없어' 라는 생각이 든다.

때마침 전마력으로 돌아가는 엔진소리가 고막을 찢고 비행기는 활주로로 내달리기 시작했다.

창밖에 초지가 쏜살같이 지나간다.

땅에서 앞발이 떨어지는 듯한 느낌은 잠시, 그 육중한 기체는 45도 각도로 치솟는다.

그동안 맞은편 의자 안전벨트에 갇힌 미모의 스튜어디스는 두 눈을 감고 기도하고 있다.

쥐죽은 듯 고요한 기내 공기는 차츰 훈기를 되찾았으며 소란스럽기 전까지는 모두 한 마음 한 뜻인 듯 행동 통일하는 모습이 저승길 예행연습이라고 계오린은 마음 속으로 말하고 있다.

승무원의 발자국 소리가 통탕통탕 어느새 기내 배식이 이루어지고 있다. 손님들은 아침 식사를 못한 관계로 모두가 식욕이 왕성해 보인다.

계오린은 주변을 살펴볼 겨를도 없이 포도주에 식사를 끝내는 순간 김치와 고추장 봉지가 그대로 있는 것을 미처 알지 못했다.

그는 김치와 고추장 그릇을 비우면서 이 비행기의 손님은 대부분 한국 사람이라는 것을 다시금 깨닫는다.

계오린은 대부분 한국인이란 사실에 다시 놀라면서도 한편으론 골고루 외국 손님이 없다는 데 불만을 떨쳐 버릴 수가 없다.

외국인 승객이 없는 것은 그만큼 교류가 일방적으로 이루어지고 있다는 것이다.

계오린 옆에는 깡말라 보이는 40대 여자 손님, 그리고 십대 여학생같이 젊디 젊은 손님이 타고 있다.

그녀는 몸에 착 달라붙는 가죽옷을 입고 검은 안경으로 얼굴을 가리고 있어 동, 서양 사람인지 분간할 수가 없다.

다만 옆에 조금은 불안한 표정을 짓고 있는 여학생과 일행인 것 같아 한국 사람으로 추정될 뿐이다.

그녀도 계오린처럼 포도주만 마시고 난 후 커피를 마시고 있다.

기내 커피는 오늘따라 진흑색으로 쓰디쓴 맛이 매력적이다.

식사와 포도주가 그들을 이야기하게 했을까?

두 사람은 금세 오랜 지인처럼 대화가 이루어졌다. 그녀는 내프킨으로 계오린의 커피잔을 닦아준다. 고개를 약간 숙여 고맙다는 인사를 건넨 계오린은 한국말을 할 수 있냐고 물었다.

"Excuse me, Can you speak Korean?"

"Yes."

그녀는 미소를 짓는다.

"나는 한국 사람입니다. 커피 맛이 매우 씁니다. 커피 좋아하시나요?"

"아 네, 커피는 이렇게 진해야 제 맛이 납니다. 좋은데요."

계오린은 그녀의 언어 구사가 한국 사람이 틀림없다 생각되니 무엇하는 사람인지 궁금증이 발동하기 시작했다.

"어디까지 가시나요? 나는 부크레시티까지 갑니다만……."

"아 네, 저는 영국까지 갑니다."

"그래요. 나는 루마니아 야사(Iasi)에서 열리는 제22차 세계시인대회에 참석하러 갑니다."

"그럼 시인이신가요?"

"그렇습니다. 국제본부 부회장 일을 하고 있지요."

"아, 그러시네요. 저는 영국에서 공부한 아티스트입니다. 글라스 디자이너예요. 런던에서 일하고 있습니다."

"이렇게 만나게 되어 반갑습니다."

계오린은 불쑥 손을 내밀며 악수를 청했다.

약속이나 한 듯 그녀도 손을 지체 없이 내밀었다. 그녀의 작은 손은 못이 박혀 딱딱한 부위가 감촉에 들어왔다.

그때서야 그녀는 선글라스를 벗는다. 갸름한 얼굴이 인상적이다. 그녀는 말꼬리가 청산유수다.

한때는 자기도 시를 습작했고 지금도 시인을 존경한다며 영국 유학 시절 글라스 디자이너가 되기까지의 역경, 현재 영국에서 자신의 예술적 위치, 서구에서의 유리 예술의 역사와 장대한 전통물, 사원, 궁전 등 예를 들며 자랑을 했다.

계오린은 그녀의 이야기를 듣고 있노라니 그동안 서구를 두루 돌아 여행하면서 별 깊은 생각 없이 지나친 유리 예술에 대한 장대한 거장들의 명작들이 주마등처럼 스쳐 간다.

이스탄불의 소피아 사원, 도프카피궁전, 파리의 노틀담, 성베테

르부르크의 여름 궁전, 타슈켄트의 국립미술원, 폐허가 되어 버린 곳도 많았지만 보존되어 있는 고대 중세의 문화유적들은 유리 예술의 기교와 색상의 방향을 가르치고 있고 박물관에 소장되어 있는 유리 예술은 인간 솜씨의 극치를 이루고 있다고 해도 과언이 아니다.

이와 같은 맥락에서 결국 그 많은 피를 삼켜야 했던 이스탄불의 보석 문화도 유리 예술에서 시작한 것 아닐까?

계오린은 그녀의 작은 체구가 소중해 보이면서 한국 여성이 서구 유리문화에 깊이 심취하고 있다는 사실이 자랑스러웠다.

계오린은 자작 《야생살구꽃(The flower of wild apricot)》 시집을 '오수연 씨에게' 하고 서명하여 주었다.

오수연은 고맙다며 자신의 작품 사전을 주면서 영국에 꼭 한 번 찾아오란다.

그러면서 옆에 앉은 여학생은 언니 딸인데 한국 면학분위기에 지쳐 이모처럼 유리 예술가로 공부하겠다고 따라나서서 같이 가는 중이라고 설명하며 인사를 시켰다.

그러나 계오린은 미지의 세계에 도전하려는 여학생의 불안한 심산을 충분히 읽을 수가 있다.

시란 무엇인가, 오수연은 시에 대하여 호기심과 관심이 많다.

그녀의 질문은 계속되고 '꼭 꼬집어 이것이다' 라고 말할 수 없다.

계오린은 자신의 지론을 길게 늘어 놓아도 시원치가 않다.

'도대체 시가 무엇일까? 딱딱한가? 소프트한가? 무슨 색깔인가?'

맛과 향은 참으로 궁금하다.

"유리예술을 극치로 이끄는 것은 장인 정신이 아니겠습니까? 형상과 질감 그리고 탐미적 색깔과 선의 이미지, 이 모든 것이 장인의 혼에 승화, 조화를 이루어 내는 한 인생이 아니겠습니까? 다시 말하면 한 인생 그 사람의 혼의 발자취라 생각합니다. 즉 장인의 예술혼 말입니다. 단군 이래 민족혼인 구전문학, 농요나 향가로 이어오면서 발전한 고려조의 시조를 알고 계실 것입니다. 시, 시조창은 대개 대금산조가 어우러지는데 기악 중에 가장 맑고 청아한 대금의 휘모리를 듣노라면 심금이 저려 오는 혼의 울림을 느낄 수 있습니다. 이어서 정선된 가사에 가락의 파노라마는 섭리에 와 닿는 환상의 맛을 느낄 수 있다 라고 하면 내 이야기가 과장되고 지나치는지요? 아무튼 시는 한 사람의 순수한 마음에서 태동, 울려 나오는 그 혼의 노래라 할까요? 그래서 그 사람의 시는 그 사람, 다름 아닌 인생이라 말하고 싶은 것입니다."

"선생님 말씀에 감동됩니다. 참으로 마음에 골고루 쉽게 와 닿는 것 같아요."

오수연은 계오린의 생각에 동의하는 표정이었다.

계오린은 부연 설명을 한다.

"무지개 색깔이 빨, 주, 노, 초, 파, 남, 보 칠색이라 하지만 보는 이의 각도에 따라, 그리고 그 사람의 생각과 느낌에 따라 다르게 보이는 것과 같이 진리란 이것이다 저것이다 할 수는 없을 것입니다. 그렇지만 분명한 것은 과학문명이 별 요상하고 현란한 색깔을 만들어 내지만 우주 자연 속에 내재한 것을 찾아 내었다고 보아야 할 것입니다. 어떤 문명도 같은 맥락에서 생각함이 옳다고 봅니다. 영감으로 새로운 것을 찾아낸다는 것은 모방하는 기술보다 더 영적이라고 할 것입니다.

우리가 여기에서 창작이냐? 발견이냐?를 따진다면 어떻게 말하겠습니까? 나는 이렇게 설명할 수 있습니다. 창작은 영감으로 혼에 가깝고 대순환의 상생원리 즉 궤도를 지키는 우주의 법칙에 용해되어 문화로 승화된다. 그러나 발견은 육체적 물질에 가깝고 대순환의 상생원리를 거슬리는 문명으로 발전한다. 어떻습니까? 궤변입니까?"

계오린은 참으로 처음 만난 사람에게 많은 이야기를 한다. 오수연도 자신의 지식과 의견을 곁들여 대화가 사뭇 길어졌다.

"감동으로 와 닿습니다."

기내에는 캄캄한 어두움으로 감싸여지고 비상출구 황적 표시등만 밝히고 있다. 탑승객은 모두 지쳤는지 개별등을 켜고 신문잡지를 보는 사람도 없다.

오수연 씨도 다시 검은 안경을 쓰고 담요조각으로 온몸을 감싸고 잠에 빠져 들고 있다.

계오린도 담요조각으로 무릎을 가리고 잠을 청한다.

쥐죽은 듯 기내는 조용하다. 가끔 코고는 소리가 간헐적으로 들리고 있다.

그러나 그것은 잠시, 계오린 무릎 앞에는 화장실 문을 향하여 형형색색의 남녀노소가 줄을 선다.

순번으로 화장실 문을 밀치면 '찰카닥' 마찰음과 출입구 등불빛이 눈가죽을 뚫고 동자에 와 닿는다.

쉴 새 없이 반복되는 불빛과 쇠붙이 마찰 소리는 계오린의 지친 두뇌를 자극했고 두통이 나면서 계속되는 이 리듬은 견딜 수 없는 스트레스로 밀려온다.

그는 자리를 박차고 일어선다.

무작정 통로를 걸어 일등석 쪽으로 간다. 거기는 이코노믹 클라스(economic class)보다 배나 넓은 공간에서 승객들은 네 활개를 펴고 있다. 특등석으로 가 본다.

거기는 네 사람의 공간을 한 사람이 차지하고 은은한 미등 불빛을 즐기며 팔등신 미인들이 조심조심 살피는 서비스가 찐하다.

계오린은 갑자기 호기심이 발동한다.

'여기에서 아주 편안하게 즐기는 손님은 누구일까? 권력과 힘을 가진 자일까? 유명한 사람, 아니 돈 많은 부자? 아닐 거야, 별로 아깝지 않은 돈을 거머쥔 자일 거야. 그렇다면 힘들이지 않고 생긴 돈? 그렇다면 아니야 아닐 거야. 업무관계로 꼭 필요한 사람을 위해 마련된 자릴 거야. 그렇다면 비좁은 공간에 간이대에서 생각하고 생각하며 글을 쓰는 나는 내가 하는 창작 활동은 중요한 업무에 들어가지 못하는 것일까? 아니야 그것도 아니야. 누구나 돈 많이 주면 그 자리에 편히 갈 수 있다는데 나도 그 자리에서 편리하게 사색하며 글 쓰면 더 좋은 생각이 떠오르지 않을까? 그렇다면 차라리 탑승객 전원이 고루 나누어 앉으면 모두가 편리하게 갈 수 있을 테지. 여기 모든 사람은 똑같은 운명 똑같은 저승길에 올랐는데 만에 하나 죽으면 같이 죽고 살면 같이 살 수밖에 없는 저승길인데 탑승객 모두 허공을 날고 있는데 어찌 일등, 특등, 삼등 인생으로 이렇게 확연히 구분짓고 있는 것일까?

하고 싶은 말이 너무 많은데 계오린은 한 마디도 뱉지 못하고 되돌아와 그 자리에 끼었다.

계오린은 비디오 가방에서 펜과 종이를 꺼낸다.

아무 말도 못하는 가슴을 에세이로 열어본다.

글발이 잘 풀어지지를 않는다. 억지로 쓴다. 그러나 싱겁다.

시 구상을 한다. 몇 줄 적고는 펜을 굴려본다. 앞뒤가 없다. 전차라면 방향을 보아야 할 텐데 앞이 막힌다.

어둑어둑하다가 캄캄해 온다.

날이 밝도록 기다리는 수밖에 깜박 한숨 잔다.

그리고 깨었다.

엉겁결에 배식하는 식사를 받는다. 그는 아침인지 점심인지 그냥 뚜껑을 열며 백포도주병을 받는다. 뚜껑을 열고 그대로 마시는 그 맛, 짜릿하고 시원한 맛, 가슴이 활짝 열리며 통쾌하다.

'천하를 얻는다 해도 이만하랴? 세상은 이런 맛으로 사는 거지, 특등석도 별 부럽지 않고 여기 타고 있는 것이 행복하다. 이 자리는 아무나 주나? 선택받은 사람이지.'

계오린은 맛있게 식사를 하고 창밖을 내다본다.

비행기 뒤쪽에 약간 쓰러진 햇살이 날개를 쏘고 있었고 옥색 물감을 뿌려 놓은 듯 짙푸르러 눈이 시렵다.

브라운관 화면에는 세계지도가 선명하고 이 비행기 위치가 표시되는 화살표는 코발트색 발트해를 빠져 나와 대서양 초입에 날고 있다.

화면이 바뀌어 고공 12,000m, 시속 980㎞, 기외의 온도 -50℃.

그러나 은빛 날개에서는 콩이 튈 것만 같은 기분.

3㎜의 특수글라스 안과 밖에는 ±70℃의 기온 차이뿐만 아니고 삶과 죽음의 한계를 이루고 있다. 문명의 이기인 이 비행기는 기술에 의해 수많은 생명을 싣고 날고 있다.

지금 지구촌은 그처럼 위대한 문명이 문화로 승화하지 못하고 동서로 남북으로 서로 충돌 연습을 하고 있다. 가공할 위력은 지구촌 전부를 멸망시킬지도 모른다. 별들의 전쟁도 무섭지만 바다와 육지를 바꿔 놓은 운석의 충격은 잊었다 하자.

옛어른 말씀에 '저승길 멀다 해도 발밑이 저승이다' 하시더니

'발 아래가 바로 저승이구나' 계오린은 부질없는 생각을 쫓는다.

마침 그때 설거지가 끝났는지 계오린 맞은편에 예쁜 몸에 어울려 남색 유니폼이 아름다운 스튜어디스가 의자를 펴고 앉는다.

그는 치마가 짧아 속살이 백옥같이 하얗게 드러난다. 눈을 자극하는 다리를 폈다 오무렸다 벌렸다 닫았다 운동을 한다.

계오린의 시선은 그쪽을 피하지 못하고 끌려다닌다.

상대방의 시선을 희롱이나 하듯이 그녀는 동작을 계속 반복하며 같은 동작의 이야기를 늘어 놓는다.

자랑 비슷한 그 스튜어디스의 이야기는 '금요일 서울공항으로 날아갔다가 다시 일요일에 암스테르담으로 왔다가 다시 금요일에 갔다가 서울에서 일요일에 돌아오면 그 다음주는 풀로 쉬기에 고향에서 미팅을 즐기며 아주 멋진 소설 같은 소설을 만든다'고 한다.

한참동안 스튜어디스의 이야기를 부러운 듯 듣고 있는 오수연이 계오린에게 말한다.

"승무원을 오래 했나 봐요. 민첩하고 스케줄이 분명하면서 자유분방함을 즐기는 행복한 여자, 여자라면 한 번쯤은 저렇게 살고 싶은 것입니다."

"그래요 아주 멋진 인생을 살고 있네요. 클레오파트라가 연상되네요."

"얼마 전 이륙했을 때 분위기 보셨지요? 느낀 점 없으세요?"

"탑승자 모두가 숙연한 모습에 그녀는 기도하듯 눈을 감고 단정했어요."

"단정한 내면에는 클레오파트라보다 마릴린 몬로쪽이었어요."

"그럴 것입니다. 바로 시를 창안하는 동기 유발의 정지 작업이라 할까요."

"그렇군요."

"시창의 동기가 먼 곳에 있는 것이 아닙니다. 순간적으로 오는 영감이라 할까?"

"영국의 유명한 시인들의 시를 많이 읽기는 하지만 시인을 직접 만난 것은 오늘 선생님이 처음입니다."

"오수연 씨도 창작하는 사람 아닙니까?"

"나는 글라스 아티스트죠, 뭐 예술가라 자칭하기는 아직 젊습니다."

"예술이란 경지가 따로 있다고 생각하지는 않아요. 내 아주 어릴 때 어머니는 보름달이 하얗게 새도록 물레질을 하면서 길쌈을 했어요. 해가 서산에 걸려 있을 때 시작한 물레는 밤새도록 돌아가는데 신명이 아니면 어찌 견디겠습니까? 그런 육체적 고단함을 잊은 채 무의식의 경지에서 홀연히 분출하는 가락에 마음 가는 대로 읊는 것을 보았는데 그렇게 저절로 나오는 소리가 정곡을 찌르는 눈물샘이었어요. 나는 그것을 내 어머니의 시(詩)라 생각합니다."

"저도 지켜보았습니다. 예천에서 태어나 어린 시절을 보내고 곧 서울로 이사를 왔어요. 영국에 건너온 건 7년이 지났고요. 영국에서는 '마리아' 라는 세례명을 씁니다."

"독실한 믿음을 실천하나 봅니다."

"그렇지도 않습니다. 집안에서……."

"유리 예술의 특징이라면?"

"유리와 색소의 배합도 중요하지만 용해되는 각각의 다른 온도 기법에서 새로운 빛의 조화로 창조되어지는 신비의 칼라가 생명입니다."

"역시 이론과 설명으로는 곤란한 것……."

"예, 바로 창조입니다."

두 사람의 이야기가 이어지는 동안 맞은편 스튜어디스는 꼬인 허벅지 사이로 뽀얀 속살을 탐욕스럽게 드러내 놓고 회심의 미소를 띄우고 있다.

그 모습은 마치 흡혈귀가 대상을 묶어 놓고 포식할 혈맥을 응시하는 듯하다.

그러나 오수연을 따라 나선 그 여학생은 긴장에서 풀려 미래의 막연한 희망에 부풀어 있는 듯 밝아 보이지만 어딘지 모르게 불안한 분위기를 느끼게 한다.

스튜어디스는 살짝 웃어 보이며 계오린에게 명함을 전한다. 그러면서 오수연을 보며 '이 남자는 오래 전부터 자기 친구이다. 그러나 오랫동안 만나지 못했기 때문에 자기 이름을 잊었을 것이다. 이 명함을 보면 다시 기억이 날 것이다'라며 그것을 보라 한다.

계오린은 전혀 꿈에도 그녀를 본 일이 없다.

명함을 자세히 들여다 본다.

'위라크라'라고 적혀 있다.

글자가 매우 인상적이다. 형광색 같은데 보는 각도에 따라 다른 빛의 광채가 눈부시다. 친숙한 특징은 느껴지지만 만난 기억은 없다.

어쨌든 그녀의 돌출된 행동에 놀라면서도 서양이란 이방풍습이겠지 생각한다. 그러면서 뛰어난 그녀의 몸매에서 싱싱한 모과냄새가 풍겨옴을 느낀다.

오수연은 두 사람이 어떤 사이인지 궁금해 하는 눈치다.

작은 창으로 비행기 날개에 부서지는 오후의 햇살이 뛰어들고 있다. 눈을 창가에 가져가니 햇살이 조금은 부드럽기는 해도 빛부시고 쪽빛 하늘은 물감을 뿌린 듯 짙푸르다.

"수연 씨, 하늘은 너무나 깨끗합니다. 햇살이 부셔서 눈이 시립니다."

"그러게 말입니다. 최상의 좋은 날씨입니다."

마침 그때 스피커가 찢어지는 듯 잡음이 생겼다 그치면서 안내방송이 울려 나온다.

"탑승 손님 여러분, 이제 이 비행기는 목적지 스키폴 공항에 인접하여 착륙 준비를 하겠습니다. 의자를 바로 하시고 안전벨트를 점검해 주십시오. 이 시간 여기 기후는 강풍을 동반한 폭우가 내리고 있사오니 기체가 몹시 흔들릴 것입니다. 마음을 차분히 하십시오."

'아닌 밤중에 홍두깨인가? 하늘이 저토록 쾌청한데 강풍, 폭우 이게 무슨 방송인가?'

저마다 한 마디씩 한다. 그리고 승객끼리 서로 얼굴을 보며 의아한 표정을 짓는다.

잠시 후에 똑같은 방송이 끝나기도 전에 기내가 어두워지면서 전등이 켜진다.

비행기 창에 쏜살같이 지나가는 먹구름, 그나마 이내 창문도 칠흑 같은 어둠에 싸여 창밖엔 아무것도 보이지 않는다.

수 천 미터의 벼랑으로 떨어지는 기분이 간담을 서늘하게 조이다가 부딪치는 충격과 요동하는 기체, 순간에 급하강의 비명을 지르던 기체는 사정없이 흔들고 있다.

물컵이 날아간다.

낙하산이 잘 펴지지 않아 공중에서 빙빙 도는 하강물체처럼 요동은 이어지고 양 날개에 매달려 있는 엔진뭉치가 서로 제멋대로 흔들고 싸우는 충격이 기체를 꺾어 놓을 것 같은 위협으로 넘실거리고 있다.

양어깨 안전벨트를 꼭 잡고 떨고 있는 위라크라 스튜어디스. 그는 공포에 질려 새파랗게 떨고 있어 그를 보는 이의 가슴을 섬뜩하게 한다.

안정을 요하는 안내 방송자도 숨어 버렸다.

지금 이 비행기와 지상에서 무슨 이변이 일어나고 있는지 알 길이 없다.

불과 지상으로 일만 미터내에서 지옥은 뒤끓고 있었다. 하늘과 땅 사이 그 한계선은 어디일까? 또 다시 무중력으로 한없이 어디론가 떨어지는 느낌에 탑승객들은 온몸을 떤다.

그네를 탈 때 그 짜릿한 맛이 이처럼 죽음 앞에서는 무서움일 줄이야! 속옷이 젖나 보다.

엉터리 방송이라 불평하던 승객들의 새파랗게 질린 입술이 파르르 떤다. 여기 저리 비명소리.

비교적 담이 큰 계오린도 엉기는 오수연을 껴안은 채 떨기 시작한다. 정신을 가다듬고 대범해지려 해도 마음대로 몸이 말을 듣지 않는다.

그러기로 한참 지나며 죽음을 예감한다. 죽기로 작정한 어느 순간 기체는 거짓처럼 안정한다. 그러나 보이는 것은 아무것도 없고 언제 무슨 일이 일어날지 기내는 숨죽은 듯 고요하다.

상당히 오랜만에 또 다시 다급한 목소리로 안내 방송이 나온다.

"손님 여러분! 지금 우리 비행기는 기압골에서 맴돌고 있습니다. 지상을 볼 수 없어 착륙이 불가능하오니 안정하고 기다려 주십시오. 기장과 조종사는 최선을 다하고 있……."

다시 비행기는 곤두박질을 하는 듯 간담을 녹인다. 사정없이 추락하는 기체, 아니 몸뚱이!

미친 듯이 흔들기 시작한다. 어디선가 날카로운 고함소리가 고막을 찢는다. 또 한 곳에서는 통곡소리가 들린다.

아우성에 장단 맞추며 광란의 춤을 계속하는 비행기내에서는 광기가 물안개처럼 피어난다.

"돌아가, 돌아가! 햇빛 있는 곳으로! 고도 회복하라! 회복하라!"

잡음에 사라지는 기장의 마지막 안내 방송.

"찌-찌-씨-찌……."

"손님 여러분! 지금 지상에는 태풍이 불고 있습니다. 착륙할 수 없습니다. 그리고 고도를 회복하기엔 이미 늦었습니다. 우리 모두 기도합시다."

계오린은 기가 막혀 웃음이 나온다.

'조용히 할 것이지, 그렇게도 바둥바둥 애태워도 인명은 재천인데 하늘에 맡길 것을, 이렇게 한 세상이 끝난다면 내일 조간신문에 내 이름 석자가 나올 거냐, 어차피 죽을 바엔 담담히 죽자.'

눈을 감았다. 사형대 이슬로 사라지기 전 기분이 예리한 날에 베이는 듯 섬뜩하고 옥죄이는 것이 바로 이런 것일까?

분노의 순간이 지나고나니 참으로 편안하다.

공포도, 소란도, 모두 부질없는 것!

지상도 보이지 않고 고도 회복도 불가능하면 주사위는 던져진 것이니 조종사의 기분은 지금 어떠할까? 눈앞에는 빨간 융단 같은 현수막에 포근한 느낌이 어머니 젖가슴처럼 아늑했다. 무수한 별들이 춤을 추면서 장송가를 부른다.

한 시대가 지나간 듯 시간이 얼마나 지났을까?

비행기의 요동은 더욱 극으로 치닫고 있다.

계오린은 다시 눈을 뜬다.

기체의 작은 창문에는 한치 밖이 보이지 않고 슬픔을 가슴으로 삼키는 여인의 눈물처럼 물줄기가 뻗치고 있다.

계오린은 애써 노출이 심한 위라크라의 육체로 시선을 옮겨 본다.

순간 또 다시 짜릿한 전율과 함께 둔탁한 부딪침을 느낀다.

계오린은 어릴 때 농수로 수문의 소용돌이에 휘말려 구사귀생 했던 기분이 현실로 살아난다.

스튜어디스 위라크라의 표정, 새파랗게 질린 입술이 파르르 떨고 있다.

뒤집힐 듯 비행기의 율동은 정도를 더해 간다.

계오린은 입술을 깨문다. 그리고 다시 죽기로 결심한다.

주위 사람들이 안타까워 보인다.

떨고 있는 위라크라에게 연민이 간다.

마음의 평온을 되찾으려는 계오린은 인간이 억척으로 삶에 집착할 때 죽음의 공포는 기하급수로 커진다고 믿는다. 삶과 죽음의 한계를 넘나드는 마음고동은 참기 어렵다고 믿는다.

위선의 영달, 허위 자백을 받아 내기 위하여 사선을 넘나들게 하는 고문이 얼마나 잔악한 짓인지, 생각이 거기에 미치자 온몸이 조이고 떨린다.

참으로 긴 여정, 생각이 생각의 꼬리를 물고 평온을 찾아 헤매는 순간 창문이 밝아지며 물안개 빛줄기가 보인다.

서서히 정신막에 불이 켜지면서 누가 먼저라 할 것 없이 박수를 친다.

신에게 바치는 감사의 뜻일까? 구사귀생의 자축일까? 살아있는 것들의 보편행동인지 모를 일이다.

"와—! 고문은 끝났다."

"파이팅! 파이팅! 착륙 성공!"

사람들의 소리.

비행기는 출렁거리고 비틀거리며 길을 걷는 만취한 사람처럼 지상에서 기고 있음이 틀림없다.

"살았노라!"

파이팅을 외치는 사람들 속에는 아직도 죽음의 공포에서 벗어나지 못해 엉엉 통곡하는 사람들도 보였다.

일상 직업이 스튜어디스인 위라크라도 울고 있다. 그녀의 모습은 절색의 미인귀신 바로 그것이다.

무엇이 저렇게 억울할까? 평범한 여인은 아닌 것 같은데 절색의 귀신은 죽음 앞에 겁이 더 많은가 보다. 그녀는 머리카락이 헝클어져 있고 앞가슴이 열려 젖무덤이 산책을 하며 짧은 치마 지퍼가 열려 있는 것도 모른다. 절색의 넋빠진 귀신!

극치의 흥분이 사그라지는 불꽃처럼 깜박이는 기내에는 아시안게임 축하 공연으로 부산에서 공연한 스페인 합창단의 맑고 정겨운 노래가 분위기를 바꾼다.

"살아 있노라! 우리 모두 살아 있노라!"

간사한 인간의 마음은 언제 죽음의 고문 순간이 있었느냐 되물어 보듯 음악을 즐기며 풍랑에 휩싸인 배처럼 강풍에 흔들거리는 비행기 좌석에서 그네 뛰는 기분까지 즐긴다.

불시착 여객기는 4시간이나 탑승객들을 풀어 주지 않는다. 트랩 연결이 불가능하다는 것이다.

이윽고 10시간 동안 가해지던 자연 질서의 고문이 느슨해지자 아슬아슬한 트랩을 걸어 내려와 입국문에 들어설 수가 있었다.

이번에는 공항은 분명한데, 격전지에 있는 야전 병원같다. 야전 침대를 차지한 환승객은 행운아요, 대부분은 페인팅 바닥에 널브러져 있다.

유럽 각지를 가는 환승객들은 하룻밤을 그렇게 보내기로 마음먹고 환자처럼 드러누운 것.

환승의 기수로 자랑하는 스키폴공항. 그는 한순간 자연 이변에 꼼짝없이 날벼락을 맞고 아수라장이 된다. 첨단 디지털 전파 문명을 뽐내던 컴퓨터 브라운관에는 갈팡질팡 전자파 혼선에 몸살을 앓는다.

참으로 대자연의 천기 안에서 보잘것 없는 문명의 이기, 하늘 아래 메인 인간.

아멘 아멘하면서 계오린은 갈팡질팡 A,B,C,D,E,F 게이트를 돌아다니며 헤매어도 당초 예약된 D3 게이트는 폐쇄되어 있다.

안내 브라운관에도 부크레시티행 비행기는 없다. 어디론가 사라졌던 원경수가 나타났다.

"원경수, 뭐 좀 알아봤어?"

"알 수가 없어요. 컴퓨터에 들어가 보니 F안내소에 문의하라고 뜹니다. 오십시오, 그리로 가보십시다."

두 사람은 몸을 가눌 수가 없을 정도로 사람에게 부대끼며 F안내소로 갔다. 문자 그대로 인산인해다.

순번을 3시간이나 기다려서야 겨우 안내양과 대담을 한다.

저렇게도 예쁜 아가씨의 이마에 주름살이 선명하다. 밀려오는 인파에 얼마나 지쳤는지 한 마디로 예매권 사본에 싸인을 해주며 내일 10시 비행기로 가란다.

"내 가방은 어떻게 되는 것입니까?"

"여기 탑승권에는 붙어 있지 않아요. 가방 발송권을 주세요."

계오린은 아무리 호주머니를 뒤져봐도 가방 발송권은 없다.

인천에서 받지 않았는가 생각이 나지 않는다.

"없는데요."

"그럼 우리도 알 수 없어요."

"방법이 없습니까?"

미녀의 이마에서는 주름살이 하나 더 늘면서 손을 저어 모르겠다는 표시를 한다.

계오린은 얼마나 지쳤는지 주저앉았다.

'후' 하고 숨을 고르고 안정을 되찾는 데 애를 쓴다.

어찌 된 일일까? 연결 비행기는 행선지로 간 것인지 연착하여 결항된 것인지 대답해 주는 이가 없다.

계오린의 가방은 지금 어디에 있는 것일까? 목적지를 부크레시티로 발송했으니 거기에 가 있겠지, 설마가 사람 잡는다는데 계오린이 생각에 맴돌고 있을 때 오수연이 찾아왔다.

"오수연 씨 어떻게 되었습니까?"

"선생님 어떻게 하지요? 마침 런던으로 가는 특별기에 자리를 구했습니다."

"아, 잘 되었네요. 노숙생이 안 되었으니 행운입니다. 나는 꼼짝없이 노숙생입니다."

"선생님 그쪽은 연결이 안 되나 봅니다. 힘드셔서 어떻게 하지요?"

"구관이 명관이라더니만, 먼저 바닥에 누울 자리나 봐둘 것을 위스키 한 잔 걸치고 지내겠습니다. 미안하지만 동행이 되었으면 했는데……."

"죄송합니다. 꼭 편지 드리겠습니다. 그리고 선생님 생각하며 열심히 하겠습니다."

"한국에서 함께 전시 기회를 기원합니다. 잘 가세요, 대성하세요."

"아 참, 그 여자 있잖아요? 스튜어디스."

"위라크라 씨 말입니까?"

"네! 선생님을 자기가 모신다고 그랬어요."

"언제 그런 말을 했나요?"

"대란이 일어나기 전에 말했어요. 자기 집이 루마니아라 했어요."

"그럼 루마니아 사람이란 말입니까?"

"그랬어요. 그래서 행선지가 같다며 좋아했어요. 즐거운 여행 되십시오."

수연과 악수를 교환한 계오린은 무언가 특별한 그녀의 일거수 일투족의 모습이 떠올랐다. 그러나 트랩을 내려온 후 그녀의 모습은 보이지 않았다.

'루마니아 여자라 그럴 수도 있겠지.'

밤은 점점 깊어가고 공항은 조용해지기 시작했다.

공항대합실 어디고 노숙소가 되어 여기저기 가방을 베개삼아 잠을 청한다.

계오린은 그래도 가방이 걱정되어 출구로 내려갔다. 출구 검색대가 저기쯤 있고 그 뒤로 수백개의 가방이 종대로 꼬리를 물고 있는 것이 시야에 들어왔다.

그 어디쯤 자기 가방도 있는 느낌으로 살펴보니 똑같은 가방이 보였다.

출구 사정대에 가서 가방을 찾겠다고 청했더니 여권을 내놓으라 한다.

여권에다 일부인을 찍은 관리는 나가도 좋다 하여 가방이 있는 데로 달려갔으나 계오린의 가방은 아니었다. 수 천 개의 가방이 정렬되어 있어 샅샅이 뒤졌으나 계오린의 가방은 없었다.

가방은 찾지 못하고 다시 들어가겠다고 했더니 안 된다는 것이 아닌가?

밖으로 나가면 다시 수속을 밟아야 들어올 수가 있다고 한다.

계오린이 그것이 맞는 답이라는 것을 깨달았을 때는 밤이 너무 깊어 있었다.

빠른 걸음으로 수속을 밟아 검색대로 왔을 때는 이미 탑승홀 문은 닫혀 있는 상태였고 새벽 비행기 시간 이전이라 휴식으로 들어간 상태였다.

이렇게 하여 원경수도 놓쳐 버린 계오린은 외곽을 빙빙 돌다가

공항 입구 카페에서 맥주와 밤을 지새며 시름을 달랬다.

주변을 돌아보니 행색과 사정이 같은 사람들이 너무나 많다.

기분 좋게 취한 계오린은 옷깃을 여며도 시원한 찬 바람이 뼈골에 스치는 대합실 코너에 신문지를 깔고 앉아 담배갑 껍질에다 시를 짓기 시작했다. 한 편의 시가 형체를 가득 채웠을 때 그는 시린 엉덩이와 한기를 잊어버리기는 했지만 온몸이 굳어버린 기분이었다. 계오린은 언 몸을 푸느라 미치광이 발광을 늘어놓았다.

그런 와중에 시간은 흘러갔고 이리 뛰고 저리 뛰며 간신히 D57 게이트에서 부크레시티행 비행기에 오를 수가 있었다. 그래도 타지 못한 수많은 환승객보다 행운을 챙긴 것은 순전히 뛰어 다닌 두 다리 덕이었다.

서둘러 지정좌석에 앉았을 때 이게 누군가? 바로 스튜어디스 위라크라가 먼저 와 있지 않는가?

의아해 하는 계오린을 바라보는 위라크라의 눈빛은 반짝이고 미소는 그윽한 사향을 물씬 풍기고 있다.

"선생님 어디 갔었어요? 밤새 얼마나 찾아 다닌지 모릅니다. 여기 오실 줄 알았습니다."

"뭐! 어떻게 된 겁니까?"

"뭐가요. 루마니아에는 같이 가시기로 되어 있지 않습니까?"

"같이 가다니요? 무슨 말씀인지 영문을 모르겠네요!"

"천천히 말씀 드릴게요. 좌우지간 선생님 좌석은 여깁니다. 앉으십시오."

계오린은 좌석표를 다시 확인해 보았다.

인천공항에서 예약한 좌석일 뿐만 아니라 재교부 받은 탑승권에 적혀 있는 좌석이 틀림없다. 도대체 이게 우연이 아니다.

오수연의 이야기가 생각났다.

'절세의 미인귀신, 백혈귀, 요술쟁이가 어떤 인연일까?'

'아니야, 필요외 과민일 거야. 우연일 수도 있겠지.'

선반에 손가방을 넣고 좌석에 착석한 계오린은 양장으로 정장한 품격 높은 그녀의 모습도 모습이거니와 짙은 향은 가슴을 뛰게 하는 데 충분하다.

"곧 비행합니다. 안전띠를 매시지요. 제가 해 드릴게요."

직업적인 습관은 아닐 테고 마치 사랑하는 연인의 안전을 염원하는 손길처럼 따뜻했다. 그렇게 움직이는 그녀의 손길은 섬섬옥수라고나 할까?

그녀 머리와 목덜미에서 물씬 풍기는 여체의 특유한 향이 계오린의 마음을 마구 흔들어 놓는다.

애시 당초 KLM1361기에 탑승할 예정이었으나 폭풍관계로 그 다음날 출발하는 KLM1359기는 가볍게 이륙, 날기 시작했다.

동유럽으로 기수를 돌리며 예정 항로에 진입한 기체는 응접실 의자처럼 진동이 없다. 기상의 이변은 아직 누구도 말리지 못하는 것일까?

앞으로도 영원히 태양계 한 자리 별의 숙명일진대 대순환의 자연법칙 신진대사임이 분명하다.

그렇다면 우리 인간은 이를 어떻게 슬기롭게 극복하는 순리를 깨달을 수 있을 것인가? 그것은 기상이변이 거의 일어나지 않게 최적의 환경 조율일 것이고 또한 그것은 지상 편의주의에 편승한 무작위 산업 과학문명을 미래지향적 정신문화에 용해시키는 자연, 생명, 인간, 문명이 조화를 이루어 문화로 승화케 하는 노력만이 인류 복지를 향한 순리일 것이므로 이 자연을 현대화로 변하게 하는 문명 발전을 어떻게 설명해야 모든 사람들이 쉽게 납득할까?

모든 것들이 가능한 제자리를 지키는 대전제 바탕 위에서 인간들의 편의 문명을 상대적으로 발전시켜야 하고, 자극적 쾌락도 정신 평온의 그릇 안에서 추구해야 하며 물질 만능의 성취욕도 절제된 정신 세계 내에서 이루어져야 하고, 순간보다 영원을 지향하는 의식……

생각은 생각에 꼬리를 물고 명상에 잠겨 있는 계오린 모습을 지켜본 위라크라는 결심에 갈등이 인다.

'어떻게 해야 할까? 아니야, 그 따위는 잡념이야. 악마가 추구하는 길은 분명해. 가장 자연스럽게 아주 달콤하게 수술을 진행해야 해. 나의 절색 용모와 뜨거운 피는 목적의식에서 태동한 거야.'

그 목적의식은 무엇일까? 위라크라도 거기에 대해서는 무념무

상이다.

자신이 울리는 종이 누구, 무엇 때문인지도 모른다. 그럼에도 종을 울려야 한다는 목적의식의 화신이 되어 있는 이유에 대해서 생각 자체를 금기시하는 힘은 어디서 오는 것일까?

맹목적인 믿음, 귀신 같은 환영, 즉 스스로의 귀신 때문일 것이다.

자신이 평범한 한 사람으로 태어나 평범한 영혼과 육신을 혼합한 존재라는 사실을 깨달을 수가 없다. 왜 그런지 모른다. 아마 알려고 노력하지 않기 때문이 아닐까?

노력을 아끼지 않는다면 깨달을 수가 있을 텐데. 그 노력이야말로 쾌락과 성취욕구를 조율하는 아픔을 감수하며 참고 견디는 것이다.

계오린은 깜박 잠이 들었다. 가늘게 코까지 골고 있었다.

위라크라는 한 치도 오차 없이 그를 관찰하고 있다. 두상과 목덜미, 그리고 관자놀이, 어깨, 겨드랑이, 명치, 심장의 박동, 배꼽 아래 자극샘의 예민한 부분, 허벅지와 무릎관절 발끝까지 탐색을 끝낸다. 결과는 OK.

그러면서도 가장 걱정되는 것은 정신으로 완벽에 가까운 이 사람의 마음을 어떻게 움직이느냐, 환심을 사야 하는데 동정을 구걸하기는 이미 틀어진 사랑이고 색적으로는 면역이 엿보이니 환심을 사기가 쉬울 것 같지 않다.

그렇지만 그도 별 수 없이 육체를 가진 인간, 조금 전 테스트에서 성적인 반응은 아직도 좋은 상태다.

'강제 구속까지는 가지 말아야 할 텐데. 우선은 자연스런 서비스야.'

계오린은 꿈이라는 세계를 통하여 지금 기가 막힌 환희를 즐기고 있다. 잠든 얼굴에 미소를 띄우더니만 웃음이 입가에 짙어지면서 최상의 쾌감을 느끼는 듯 묘한 표정을 지켜보는 위라크라는 보람과 만족을 얻고 있다.

'오냐, 틀림없이 내 품안에 넣고 말겠다.'

그러나 품속에 계오린을 삼키고 끝장을 보겠다는 것인지 자신도 모른다.

육체는 지쳐 깊이 잠들었어도 영혼과 감성만은 활동을 지속하였을까? 영육으로 최상의 짜릿한 희열과 행복을 누리는 꿈길의 연유는 그 무엇이란 말인가?

논증이 잘 안 되는 경우도 있을지 모르지만 이 경우에는 섬세하고도 관능적인 위라크라의 손길이 계속 계오린의 예민한 부위에 자극을 가하고 있었던 것이었다.

결국 죽어서 조직 세포와 육체의 모든 기능이 정지하기 전에는 죽은 듯 잠든 육체일지라도 혼은 이완되지 않고 거기에 머문다고 믿어야 하겠다. 마음 따로 육체 따로는 불완전 바로 그것이다.

"한숨 잘 주무셨습니까? 천진무구한 아기처럼 잘 주무시던데요."

"내가 그랬나요?"

계오린은 남의 이야기하듯 아직도 꿈에서 깨어나지 않고 환상에 머무는 듯한 기분이다. 못내 잠을 깬 것이 아쉬운 표정인 그가 스스로를 확인하는 순간 아직도 흥분 상태라는 것을 깨닫는다. 대단한 신열과 소중한 부위가 뻗쳐 있다.

부끄러운 생각이 든다. 열기가 얼굴로 올라온다. 홍당무처럼 빨개진다.

이 과정을 낱낱이 탐색한 위라크라는 마음 속으로 쾌조를 띠우며 밝은 미소로 계오린에게 다시 다가간다.

"주무시고 나니 기분이 좋으시지요?"

"그런 것 같소."

'그런 것 같소가 뭐야. 그렇다고 솔직히 말할 것이지.'

계산대에 주판 알을 칠, 팔개나 올린 위라크라는 높고 탄력 있는 젖가슴을 계오린의 등줄기에 밀착시키면서 속삭였다.

"선생님 근육은 굉장히 탄탄하면서도 뜨거운 불덩이 같아요. 마음이 정말 열정 그것인가 봐요."

계오린은 말대신 웃어 보였다. 그러고 보니 위라크라의 아름다운 자태는 눈부실 정도다.

이목구비의 나무랄 데 없는 틀에 백옥같이 흰 피부, 장미 꽃잎같이 윤기와 분향기 특유의 살내음, 가까이서 속삭이는 입내음도 좋다. 어디에서 누가 이 멋지고 아름다운 여인을 보내 주셨을까? 무신론자인 그가 갑자기 신을 찾는다.

'고맙소. 감사하오, 이 여인을 내게 보내주셔서. 나는 후회하지 않겠소.'

돌다리도 두드려보고 건너던 계오린은 돌아 살펴볼 여유도 없이 열정에 빠져 들고 있었다.

그가 생명처럼 점검하는 마음의 계산기도 고장이 났는지 작동을 하지 않는다.

이 현상을 내시경으로 들여다보듯 훤히 꿰뚫어보는 위라크라는 엔돌핀이 솟고 있다.

그 엔돌핀은 바로 계오린에게 영향이 미친다.

마땅히 당혹스런 감정도 잊고 그녀의 성글성글한 눈매라든가 벙글벙글 웃는 얼굴은 누가 봐도 초면은 아닌 것 같고 기억을 더듬으면 금세라도 큰소리로 활짝 웃는 그때 그 여인 같으리라.

어처구니없는 생각에 빠져드는 계오린은 자신도 모르게 이끌리는 것을 스스로 말릴 수도 없고 외면할 수도 없지 않은가 싶다.

애초에 그놈의 감정은 책임의 한계가 어디인지 알려고 하지도 않고 제멋대로 줄달음치기 일쑤다. 상황 파악도 못할 정도의 인생 열정이 없는 것도 아니고 세상 물정에 둔감한 색정도 아닌 그가 순식간에 판단이 흐려지며 옷 젖는 줄 모르고 꿈결처럼 안개 속을 무작정 걸어가고 있다.

그러다 보니 어느덧 비행기는 활주로에 미끄러지듯 착륙하고 있다.

부크레시티에 도착한 것이다.

허넓은 평지에 군용 비행장처럼 조용하고 한적한 터미널에는 인적이 드물다. 하늘에는 낮은 구름이 흐르고 금세 비가 갠 듯한 촉촉한 땅에 신선함이 묻어나고 짐을 찾는 귀착 손님도 숨소리를 죽이고 있다.

빙글빙글 돌아가는 화물대가 텅텅 비어도 계오린의 가방은 없다.

그때야 가방을 부친 비행기는 KLM1361기고 지금 도착한 것은 KLM1359기란 사실을 깨달은 계오린은 수하물 취급 사무소로 갔다. 그와 같은 가방을 찾으러 온 사람은 이십여 명이 넘었다. 순번을 기다려 차례가 오자 스물 여섯 살이나 되었을 아리따운 아가씨가 앉으라고 눈짓을 한다.

"가방 모양이 어떻게 생겼나요? 색깔은요? 거기 무엇이 들었나요? 자세히 대세요."

무려 십분 동안이나 꼬치꼬치 캐묻는다.

"제22차 세계시인대회에서 시상할 상장과 부상으로 순금 행운의 키, 또 책이 들어 있소. 그리고 대회행사에 입을 한복과 기타 세면 도구 등이 들어 있소."

"현찰과 마약류 등은요?"

"없습니다."

"무기는요?"

"그런 것 없습니다."

"가방열쇠를 주시오."

"열쇠가 없습니다. 그냥 다이얼로 되어 있는 가방입니다. 아주
간단합니다."

"다이얼 번호를 대시오."

"0007입니다."

"됐습니다. 목적지에 가 계시면 24시간 내 도착시키겠습니다."

사정을 한다 해도 가방을 찾아가는 것은 허락해 주지 않을 모양
이다.

그 안에 무엇이 들어 있는지 샅샅이 검색한 후에 보내 주겠다는
것이었다.

출구로 나온 계오린에게 여느 비행장처럼 카페, 레스토랑, 면세
점 같은 것은 보이지 않는다. 아예 없다.

아직도 사회주의 냄새가 난다.

단조롭고 썰렁한 청사를 빠져 나온다.

야사(Iasi)에서 대회장이 보낸 승용차와 운전기사가 기다리고
있다가 카드를 흔들면서 반갑게 환영한다.

대회장 에바가 보낸 택시 기사가 잠깐 기다리라며 공항에 근무
하는 친구에게 부탁하여 가방을 찾아오겠다고 한다.

계오린은 아무 반응도 보이지 않는다. 그 기사는 가방을 열어 검색하겠다는 절차를 잘 모르고 있기 때문이다.

한참만에 기사는 돌아와 아무 말이 없다. 계오린은 묻지 않는다.

야사로 가는 길은 부크레시티 시가로 가는 길과는 반대 방향인 것 같다.

오후 5시가 다 되어 출발함으로 약 400㎞를 달리자면 밤 열시쯤이나 도착하지 않을까 싶다.

도로는 좁지만 자동차가 많지 않다. 가끔 짐을 가득 실은 트럭이나 버스가 나타나지만 바쁜 사정을 알기라도 한 듯 비켜 준다.

끝없이 펼쳐지는 평원, 이름 모를 잡목들이 즐비하게 늘어선 가지 사이로 붉은 해는 점점 기울고 황토빛 밭두렁이 차창에 매달려 한사코 따라온다. 처음 만난 이국땅은 낯설기도 하지만 끝간데 없는 지평선은 가슴 통쾌하게 향수를 자아낸다.

어느 사이 석양은 쓰러지고 어두움이 묻어나더니만 누가 지옥으로 끌고 가도 모를 칠흑 같은 어둠은 눈뜬 장님을 만든다. 저 멀리 마주 보고 달려오는 불빛은 도깨비 춤을 추다가 스쳐 지나가는 순간에는 구세주를 만나는 듯하다.

또 다시 불빛 만나기를 애타게 기다리며 루마니아 가요를 듣는다. 잔잔하면서도 애상적이다. 달빛도 없는 어둠 속에 듣는 루마니아 음악은 고전적이면서도 자본주의 산업문명 냄새는 전혀 없다.

한숨 골아 떨어진 위라크라가 기지개를 켠다. 애상적 향수에 젖어 불빛만 찾고 있던 계오린은 기사에게 지금 우리 차는 어떤 길로 달리고 있길래 불빛이 새어나오는 마을 하나를 만날 수 없느냐고 했다.

"우리가 달리고 있는 길은 국도입니다. 조금 더 가야 마을이 나옵니다."

아무리 어둠이 앞을 분간키 어렵게 하지만 마을에서는 불빛이 보일 것 아닌가?

결국 사람이 많이 살지 않는다는 것이다.

휴식을 취한 위라크라는 계오린에게 안겨들듯 밀착하며 자극하기 시작한다.

싫다고 밀치기엔 기진한 계오린은 그녀로부터 생기를 얻고 있다.

'그녀가 없었다면 지금쯤 코를 골며 꿈길을 달리고 있을 테지.'

조금도 피곤하지 않은 자신에 대해 스스로 놀라고 있다. 이렇게 400킬로미터를 한 번도 쉬지 않고 달리는 차와 기사에게 박수를 보내고 있지만 사실은 휴게소도 없다. 겨우 불빛을 본 마을은 열 손가락 안에 들었다.

II. 축제의 장

"이제 다 왔습니다. 저 불빛이 야사입니다."

참 먼 길에 시가지 불빛을 보는 기분은 놀라울 정도로 새로움이 있다.

계오린은 지금 몇 시냐고 묻는다. 자기 시계는 서울 시간이었다.

"밤 9시입니다."

"와 9시. 그러면 4시간 만에 왔군요."

"그렇습니다."

"아주 대단한 운전입니다."

"뭐 보통입니다. 자주 다니는 길이니까요."

"아, 수고했습니다."

행사 대회장 에바는 전야제 야사(Iasi) 시청홀 앞에서 그들을 영접한다.

계오린은 슬로바키아와 멕시코 등에서 같이 시인대회 행사에 참석한 구면이다. 에바는 지난해 시드니 대회때 불참했으므로 2

년 만에 만나는 셈이다.

　상봉의 포옹을 끝내고 행사장에 들어서는 계오린에게 로즈마리 회장, 모한 부회장 등 모두 박수로 환영한다.

　장내에 시인들은 초면보다 구면이 더 많다.

　일일이 손잡고 포옹으로 돈 후에 백포도주 잔을 높이 든 계오린은 건배 제의를 한다.

　"세계시인 형제 여러분, 일년 만입니다. 이렇게 만남이 반갑고 기쁜 마음은 이 백포도주의 맛과 같습니다."

　건배를 제창하고 단숨에 비운 잔을 놓기도 전에 또 한 잔을 든다. 그리고 입술을 적신다.

　맑고 짜릿한 향기가 전신으로 퍼져 나가는 파랑이 태평양만큼 출렁인다.

　'세상만사가 이렇게 형통하다면야 더 이상 무엇을 바라겠는가? 꼭 와 달라고 했지만 털고 나서기를 잘 했어. 내가 만약 오지 않았더라면 이 맛을 어찌 알랴. 모두가 세계 평화를 사랑하며 형제애를 위하여 시를 사랑 정열을 쏟아 붓는 티 없이 맑고 깨끗한 혼들을 만날 수 없었겠지.'

　귓전을 스치는 음악과 함께 일년 동안 묵힌 이야기 꽃 속에다 백포도주는 계속 계오린의 가슴을 적시고 있다.

　위라크라는 그녀대로 취했을까?

　시와 인정과 포도주에 취해 버린 계오린은 위라크라의 존재를 아주 완전히 잊어 버린 채 5일 동안 머물 호텔 숙소로 안내되었다.

다음날 오전 10시 개회식장에서 진행 멤버로 뛰고 있는 위라크라를 발견한 계오린은 다소 놀라는 표정이다. 약간은 수수께끼 같은 위라크라의 출몰이 미로 같기 때문이다.

어찌된 일일까?

그녀의 미모와 관능적인 몸매는 아름다운 여성들 사이에서도 특출하게 튄다. 두 말할 여백도 없이 수많은 시선들이 그녀에게 쏠리고 있다. 여기서는 이상하리만치 위라크라의 행동은 계오린에게 무관심이다.

'동서로 여성들의 특성일까? 아니면 이미 탐색이 끝난 것일까?'

계오린은 섭섭한 기분이다. 설마 그 사이에 시들해졌을라구, 목적의식이 엿보였는데 모를 일이다. 목적의식마저 떠났다면 그럴수도 있지 않겠나. 하지만 계오린은 그녀가 목적의식을 버릴 만큼 노출한 일은 없다고 스스로 믿고 있다.

개회식은 전례의 형식에 따라 진행되고 있다.

한국의 대구에 사는 박상용 시인이 명예문학박사 학위를 영광스럽게 받는다. 그는 가문에 영광으로 조상께 인사를 드려야 한다며 공수한 제복을 차려 입고 기뻐하는 것이 차라리 보기도 좋고 여러 사람을 즐겁게 한다. 계오린은 그를 더 기쁘게 축하를 한다.

이 자리에서 1985년에 노벨평화상을 수상했다는 '엘로스토카

한' 그도 명예학위를 받고 기뻐한다.

오후에는 계오린과 몇 분의 시인들이 주제발표를 한다. 그리고 토론을 한다.

계오린의 〈자연현대의 깃발(Let's fly the flag of natural modernism)〉 논문은 주목을 받는다. 그리고 그의 시 〈바람예찬 (oda vabtului)〉은 루마니아어로 번역 낭송, 세계 유수의 시인들, 특히 루마니아 시인들의 박수 갈채를 받는다.

해가 스러질 무렵, 외국 손님들은 두 대의 버스에 나누어 타고 옛날에 문화궁전이었던 정부청사를 탐방하고 공원을 산책하며 옛날에 루마니아의 도읍지였던 야사(Iasi)의 정취에 흠뻑 젖는다.

10월 마지막 밤은 쌀쌀하다.

10월에 마지막 밤은

옛날에 당신을 못잊게 한다

야사공원 벤취에

한 잎 두 잎 내리는 나뭇잎

이름 모를 노부부 백발을 덮는다

짙은 그늘에 스치는 바람은

낙엽되어 흩어지는 그림자

수만년 변함없이 왔다가

말없이 가는 저 태양 언저리에서

부끄러운 듯 닮은 얼굴이 살며시

나뭇가지 사이로 엿보고 있다

제22회 시인대회 행사에 참석한 시인들은 야사(Iasi) 시장이
베푸는 만찬장으로 간다. 중국식 식당에서 중국음식을 즐긴다.
그러나 술은 그 유명한 동유럽의 백포도주, 계오린은 언제부터인
가 백포도주의 광이 되어 있다. 그는 이것만 있으면 흑빵이든 소
세지든 상관하지 않고 즐긴다.

계오린에게 사실 국제행사는 체면 때문에 상당히 피곤하다. 꾀
를 부릴 수도 없고 지루하지만 긴장의 연속이 체력에 무리가 간
다. 그 후에 와인 그리고 식사는 피로를 몰아낸다.

말수가 많아지고 기분이 좋아진다. 얼굴과 언어가 다른 사람끼
리 쉽게 사귀어진다.

얼큰한 계오린은 둥근 탁자에 하얀 잔을 비우면서 시인들과 이
야기 꽃을 피우고 있다.

그때 어디선가 위라크라가 와인 두 잔을 받쳐 들고 계오린을 찾
는다. 진종일 외면하던 그녀가 잔을 뿌리치며 술을 권한다. 테이
블에 동석한 여류들이 그녀의 돌출행동에 박수를 보낸다. 잔을
비운 그녀는 그 남자를 일으켜 세운다. 그리고는 좌석을 향해 방
울 같은 초롱한 목소리로 계오린을 소개한다.

어떻게 알았을까? 계오린에 대하여 속속들이 소개를 끝낸 그는

마이크를 그에게 넘겨주며 화답과 노래를 청한다. 꼼짝없이 그녀의 지시대로 따르는 그 남자. 그는 그러는 그녀가 싫지 않다.

국외에서의 계오린 18번은 〈아리랑〉이다.

여러 가지 이유가 있지만 그저 좋아서가 맞는 답이다.

오린은 톤을 높여 구성지게 넘어간다. 미국계 일본인 요로가 합창을 한다. 그녀와 세 사람은 한 덩이가 되어 눈시울을 적신다.

흑인계 자연민요가 유명하다고들 하지만 아리랑의 리듬은 세계인의 감성에 잘 조화가 된다. '아리랑 아라리' 가락을 다듬다 보면 누구나 할 것 없이 토속의 자연 흙내음이 심금에 와 닿는다.

코가 높고 체격이 훤칠하여 사제(신부)복이 너무나 잘 어울리는 요로 신부는 계오린과 같이 아리랑 애창 시인이다. 언제나 어울리면 구성지고 화음이 잘 맞아 청중에게 기쁨을 준다.

마이크는 다른 시인에게 넘어가 각자의 애창곡은 식당을 메우고 통로의 좁은 공간에는 춤판이 벌어진다.

신명나게 추는 춤은 애틋하면서도 흥겹다

기분 좋은 밤

즐거운 밤

추억이 영그는 밤

잊을 수 없는 밤.

계오린이 숙소로 돌아 왔을 때는 밤 12시가 넘어서였다.

계오린의 숙소는 야사에서 오랜 전통을 가질 역사적인 트래안 호텔 313호다. 방문을 열면 욕실이 나오고 맞은 편에 더블 침대 방이 있다. 욕실에서 옆문을 열면 싱글 침대 방이 또 하나 있다. 더블 침대 방은 계오린이, 싱글 침대 방은 원경수가 쓰고 있다. 그런데도 방값은 한방으로 따지기에 성주나 고급 당원이 투숙하면 수행비서가 잔 것이 확실하다.

기분 좋은 밤은 잠도 잘 오는 법. 꿈도 꾸지 않고 깊은 잠에 빠진 계오린은 무슨 일이 있었는지 모른다.

건물 구조가 'ㄷ'자로 되어 있고 맞은 편 방 창문과는 정면으로 마주 보고 있어 커텐 사이로 불빛이 새어 나오고 방안에서 움직이는 동작도 보일 때가 있다. 계오린은 자기 방의 그런 창문에 대한 것도 모른다.

다만, 지난밤 샤워를 하고 타올로 감싼 뒤 침대에 들어간 기억은 한다.

정확히 6시에 일어난 계오린은 물병에 냉수를 마시고 곧 운동복으로 갈아입고 산책하러 방문을 나왔다. 꺾여진 현관 쪽으로 걸어가면서 방문은 열려 있고 불이 켜진 방을 지나치다 멈칫 발걸음을 멈춘다. 위라크라가 아닌가. 이상하다.

그녀가 청소부 복장을 하고 있다니 뒷걸음질친 계오린의 시선에는 분명히 위라크라 모습이다. 그리고 그 방은 시트와 이불이 쌓여 있고 손수레에는 청소 도구가 실려 있다. 어젯밤에 과음한 탓일까? 눈에 헛것이 잡히나 보다.

'잠이 덜 깼나 봐.'

자책을 하며 현관을 나서는 계오린 눈 앞에는 요란한 쇠뭉치 마찰음을 내면서 전차가 내달리고 새벽을 가르며 부지런히 일터로 가는 사람들이 제법 많다. 엉덩이부터 체격이 탄탄하게 발달한 젊은 여성들의 발걸음은 활기차고 생기가 넘쳐 보인다. 산업 경제가 뒤지고 있다지만 새벽 분위기는 희망이 넘쳐 보인다.

산뜻한 새벽 공기를 가르며 부푼 가슴을 탄탄히 내밀고 앞만 보고 걷는 모습이 퇴폐한 산업 자본주의와는 거리가 멀어 보인다.

전기줄이 거미줄같이 엉켜 지저분한 로타리 밑으로는 낡은 지하도로 통하고 고풍이 찬연한 시가지 건물들이 즐비하다. 여기가 옛날에 루마니아 도읍지였다는 말이 실감난다.

산책에서 되돌아 오는 길에 자세히 보니 계오린이 머물고 있는 트래안(Traian)호텔이 대보수 작업 중에 있음을 알게 된다. 바로크 형식으로 지은 건물. 지붕을 걷어 내고 새단장 공사가 진행 중이라는 것과 앞 광장에는 공산국가 모습 그대로 여러분의 동상이 버티고 있다. 계단과 각이 뚜렷한 광장에 모여드는 비둘기를 보며 모스크바나 타슈켄트 생각이 떠오른다.

코뮤니스트가 활보하던 거리, 코뮤니즘이 지배한 냄새가 곳곳에서 묻어난다.

계오린은 호텔 레스토랑에서 간단한 아침 식사를 끝내고 3층 방으로 올라간다. 307호 방문 앞에서 대회장 에바와 마주친다.

그는 어떤 여자와 함께 방에서 나오다 아직도 술이 덜 깬 얼굴로 목례를 한다. 313호 방문은 열려 있었다. 약간 놀라는 계오린에게 꽃뱀 한 마리가 칭칭 감는다. 비몽사몽간에 까무러치듯 놀란 계오린은 간신히 정신을 가다듬고 풀려난다.

"위라크라! 장난이 너무 심하다. 이 방에는 어떻게?"

그녀는 하얀 실크 가운만 걸쳤지 선정적인 알몸이었다. 백옥 같으면서도 터질 것만 같은 매끄러운 피부, 풋풋한 살내음이 숨통을 막는다.

철갑 같은 아성도 단번에 무너지고 말 용광로에 빨려 들어가지 않는 저력은 계오린의 육체가 아니라 순전히 상황에 저항하는 의지였다.

다시 전열을 가다듬고 공격하는 위라크라에게 계오린은 조용히 말한다.

"지난 밤 너무 과음한 탓인지 뒷골이 못 견디게 아파, 혈압이 비정상적인 것 같아 조금만 안정을 해야겠고……."

대어를 건져 올리다 놓친 낚시꾼 표정이다. 청소부 유니폼을 갈아입고 방문을 나서는 그녀의 뒷모습은 신비할 만큼 아름답다.

계오린은 금세 후회가 쓸려 지나간다. 그래도 세상이 끝나는 한이 있더라도 함께 뒹굴며 대회행사며 체면이며 모든 것 뻗어 버렸으면 얼마나 좋으랴. 베개를 안고 숨을 고르다 황급히 옷을 갈아 입고 원고를 챙겨 행사장으로 간다.

시인들은 저마다 자기 조국의 시(詩)정신, 전통, 정서를 토대로 자기 시(詩) 감성을 알리려고 애를 쓴다. 그리고 비록 언어가 다르고 전통 정서가 다른 시와 시인을 이해하고 심취하며 포용하려 귀를 기울인다.

어느 지배 계층이 이렇게 정숙한 분위기를 만들어 낼 수 있단 말인가?

사상과 개성은 날카로우면서도 자신의 존재 인식은 사하라 사막의 모래알처럼 공존의 겸손을 묻어나게 하는 몸가짐, 한없는 우정과 정감이 교류하는 현장 분위기에 스스로 진행을 멘트하는 에바가 무소불위 악마의 남편같다. 짧은 머리에 움푹 패인 눈, 칠흑 같은 눈썹과 콧수염은 아랫배가 만삭으로 튀어나온 거구에 조화를 이루어 비릿한 탐욕이 줄줄 흐른다.

거기에다 짜증 섞인 표현은 어리광처럼 매력을 더해준다.

부드럽고 섬세한 여성들이 보면 훤칠한 키에 부리부리한 눈매, 계속 빨고 있는 담배 연기, 사나이 중의 사나이 매력이 넘쳐 몸을 뒤트는 암컷들은 매달리고 있는지도 모를 일이다.

거기다가 계오린이 좋아하는 백포도주를 계속 공급하는 특기를 보여 인상적인 데다가 위라크라의 조종자로 짐작되어 관심 집중이다.

계오린은 에바의 등거리 외교에 좀처럼 말려들지 않는다.

그저 처음부터 같은 자세로 중후하게 입장 유지를 하며 행사에 임한다. 그가 권하는 술과 담배를 받으면서도 넘치지 않게 조심 조심 본성을 유지한다. 이러한 계오린의 태도에 에바는 차츰 원래의 자기 모습으로 돌아가려 한다. 오린은 서서히 안정과 자유를 찾아간다.

사실로 느껴지는 그의 비서 내지 정부같이 밀착한 아름다운 여성진행 멤버는 계오린을 영접하는 태도가 차츰 변해간다.

언행과 표정에서부터 대화의 정감은 퇴폐 자본주의에 절어 있는 아가씨 뺨칠 정도다. 처음에는 사회주의 이후의 체감온도이겠지 생각한 계오린의 판단은 오판이었다.

자기들의 보스 에바의 바람에는 봄눈 녹듯 사르르 녹는다.

그런데 위라크라는 아리송하다.

에바의 멤버에서 활동하다가 꼭 아침이면 호텔 청소부로 제방처럼 드나들며 계오린을 시험한다. 정말 건강한 사내가 마귀가 서릴 정도인 여체의 공격을 피한다는 것은 거의 불가능하다.

그러나 계오린 스스로는 다짐한다, 절대로 선은 넘지 않겠다고.

참으로 말이 그렇지 사랑스런 감정마저 이끌리는데 참는다는 것이 가능한 것인가?

계오린도 언제 무너질지 자신도 모른다.

스스로 신뢰가 무너지는 순간 순간마다 몸을 떤다. 그녀의 사랑하는 방법일까?

귀가 있기는 분명히 있는데 무엇 때문일까?

계오린은 스스로 아침이 무서우면서도 기다리는 양면성이 두렵다. 다음날은 계오린이 주창하는 행촌문화가 지향하는 취지의 논문을 다음과 같이 발표한다.

To be sea

At first I was sea

I want to bo sea because of liking sea

Because the road of sea is hard

I fell down while swimming

I begin to make a straw-bag

I look at sea suddenly

The sea disappears

At a bar

I drink with people in market.

As soon as I feel hungry

I tear to Makiele(Korean Wine)

I want for green sea of the beginning of the world

and cry

I want to be green sea

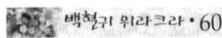

If that isn't sea of the beginning

Oda vantului

de oh lin

Un vant puterniuc, un vant calm

Un vant dusamanuit, un vant frumos

Un vant neplacut, un vant placut

Un vant sensibil, un vant fara de inima

Vant, vant noi traim

Vant, vant noi murim

Vino ferecire cu vantul

Pleaca disparand in pamant

Un vant intunecos, un vant bland

Un vant duios, o tornada

Un vant din fata, un vant din spate

Un tunet, o sclipire de fulger, furtuna

Vant, vant, flori se deschid.

Vant, vant frunze cad.

Cei in viata plang ca vantul.

Muritorii dispar ca vantul.

(계오린 作 - 루마니어로 번역된 詩)

Ⅲ. 자연현태(Natural Modernism)의 깃발을 높이 들자

그의 마음의 샘터 앞에 서 있었다.

가슴 활짝 열어젖히고 판타나 마을을 바라보았다.

뽀오얀 안개가 마음을 덮고 있어 판타나도 뽀오얗게 돌아져 있었다.

스잔나는 이 마을을 떠났고 그 까닭의 홍역을 앓고 있기 때문에 무슨 죄나 지은 것처럼 넋을 잃고 바라보는 시선에는 무지개가 섰다.

미련과 회환의 물방울이 뺨을 타고 주루루 떨어지고 '나도 떠나야겠다'는 그의 목소리에는 후회가 배어 있었다.

이제 끝. 미국은 하나의 꿈으로 간직해 온 동경의 땅에 이 마을을 떠남은 어떤 부정한 짓거리라도 하는 생각에 그만 가위에 짓눌려, 그 몸부림은 영상막에 비추는 활동사진이었다.

신세계로 떠나는 느낌은 사랑보다 진한 보름달이 하얗게 바랜 얼굴로 뭉게구름과 숨바꼭질하고 바람은 가끔 깔깔대며 장난을

치고 있다고 느껴졌다.

　진정 그 무엇이 존재하는가. 실제로 만져 본다면 아니 현실로는 절대로 소유할 수 없는 향수가 흰눈으로 내려 쌓이고 있었다.

　그는 눈 속에 파묻혀 겨우 두 눈만 뭉게구름 사이 푸른 하늘 빛 바랜 보름달을 희롱하는 바람만 바라볼 뿐이었다.

　그런데 멀어져 가는 발소리 그것은 밤늦게 스잔나가 찾아오는 그 소리였으니 휘파람대신 부엉이 소리나 내어야겠다.

　향기로운 흙냄새가 가슴을 채우도록 몇 번이고 깊이 숨을 들이키는 그의 귀에는 환청처럼 쇳소리가 들려오고 있었다.

　바로 스잔나의 험상궂은 아버지 요르크의 권총, 엽총 큰 칼집에 탄환을 장전하는 쇠붙이 소리에 비명을 지르는 사슴, 늑대, 곰, 독수리와 사슴뿔의 박제 장식구로 가득한 일상의 요르크 응접실 그 소리였다.

　스잔나는 비 맞은 참새처럼 그의 품속을 파고들었다.

　스잔나의 체온이 전율처럼 황홀한 순간에도 그는 달걀이 암탉 보고 알은 어떻게 낳는가를 가르쳐줄 미국을 동경하는 까닭은 스잔나와 헤어지지 않는 방법이기 때문이었다.

　결국 사람보다 말을 사랑하던 스잔나의 아버지는 아내 요란다를 때려죽이고 감옥귀신이 되는 데는 그와 스잔나의 사랑과 그들이 옳다고 생각하는 사조가 주역이었다.

　사실을, 세상은 차츰 밝히리라…

"저 미국인이 뭐라고 하지요?"

"당신 보고 웃으라고 명령합니다."

철조망 옆에서 쓰러져 죽은 스잔나 아버지 모습이 떠올랐다.

그리고 13년 동안 겪은 모든 일을 떠올렸다.

그는 스잔나를 바라보았다. 침울한 기분에 싸여 눈물이 와락 쏟아졌다. 웃으라 명령은 받았건만 도무지 웃어지지가 않았다. 여자처럼 엉엉 울음이 터질 지경이었다.

이것이 마지막인가 싶을 정도로 절망이 몸부림치고 있었다.

이젠 더 이상 멀리 갈 수가 없었다. 어느 누구도 이 이상 자기 스스로와 더 멀리 갈 수는 없으리라.

장교는 요한 모리츠를 쳐다보며 명령했다.

"웃어! 웃어! 그리고 그대로 있어…."

루마니아가 낳은 《25시》 저자 게오르규(Constantin Virgil Gheorghiu, 1916~)는 이렇게 부르짖고 있다.

그는 미소 양진영 사이에 놓인 약소민족의 고난과 운명을 체험하면서 기계 기술 만능주의에 침해당한 진정한 인간가치의 외침으로 인존의 기본을 거세당한 인류세계가 메시아의 강림으로도 무엇 하나 제대로 해결할 수 없는 최후의 시간을 통감하며 다음에 올 수만 있다면 하는 바램으로 25시를 탄생시킨 것이다.

제2차 세계대전에 대한 충격적인 증언과 약소국가 루마니아 농부 요한 모리츠를 등장시켜 고통의 굴레와 인간 잔학성, 비인간 성을 손에 잡히게 파헤치면서 그 체제에 지배되는 문명사회의 모 순과 그에 따른 위기의식을 고취시키고 있는 것이다.

갈수록 가중되는 모리츠의 불행에서 오는 인위적 기계문명의 충격은 신과 운명에 대한 반항을 대변함으로써 그 진리를 입증하 고 있다.

작가는 25시라는 게오르규의 분신사상을 등장인물 개인의 특 성에 의하여 풀어낸다. 이것은 현대문명에 대한 예견을 보여주고 있다.

작가 게오르규에 의하면 유럽사회는 훌륭한 세가지 유산을 상 속받았다고 보고 있다.

첫째, 그리스인이 남긴 아름다움에 대한 사랑과 존경이고, 둘째 는 기독교가 가르쳐준 인간에 대한 사랑과 존중, 셋째는 로마인 이 보여준 정의에 대한 사랑과 존경이었으나 현대 기계문명은 이 세 가지 귀한 유산을 상실하고 말았다는 것이다.

결과적으로 서구사회는 인간성과 개성을 잃게 되었다는 것이다.

자유 분망해야 할 인간성에 자동성과 획일성의 원칙에 따라 불 완전한 기술 노예로 전락한 인간은 완전 기술 노예인 로봇의 명 령에 따라야만 했다. 따라서 25시는 24시에서 구원받지 못하는 다음 시간 최후임에 메시아의 구원으로도 해석할 수 없는 무의미 한 시간인 것이다.

　게오르규는 기계사회가 붕괴되면 인간적 정신가치의 조화가 이루어질 것이며 그것은 공산주의 사상이 아닌 동방으로부터 온다고 보고 있다. 그는 동양인만은 기계 노예가 되지 않고 정신과 기술의 조화를 이룩함으로써 인간적인 새로운 가치와 인간 인격이 존중되는 세계를 창조할 것임을 예언하고 있다.

　그가 이와 같은 예언과 함께 25시를 발표한 반세기에 이른 오늘은 기계 기술 문명이 더욱 발전하여 산업 자본 문명으로 치닫고 있는 이때에 시심(문학)을 통한 자연, 생명, 인간, 문명이 조화를 이룩함으로써 승화한 문화(자연현대＝Natural Modernism)를 추구하는 행동문학이 동방에서 태동, 전세계로 번져가고 있는 것이다.

게오르규가 고통과 체념을 승화시킨 25시의 탄생지인 루마니아에서 제22회 세계시인대회가 개최됨은 의미심장한 계기가 아닐 수 없으며 서구산업자본문명에 Natural Modernism을 부르짖는다는 것은 우연치고는 신의 계시가 아닐 수 없다 할 것이다. 세계 시인 여러분! 그리고 세계인 여러분, 인류역사상 전환의 새 사조에 모두 깃발을 높이 들어 거선의 기관처럼 심장이 뛰고 피가 끓는 숨쉬는 시문학을 창출, 인간복지를 누립시다.

　　오늘 저녁에는 이번 대회에 참석한 모든 시인들이 중세 유럽사회 귀족들의 생활상을 회화로 표현한 내벽과 고색찬연한 조각으로 꾸며져 있는 그들의 자랑, 루마니아 아샤 오페라 극장에 초대된다. 계오린은 무대 정면 2층 제일 좋은 자리에 앉았다.
　　바로 뒷좌석에는 상해에서 온 니둥 시인 부부가 앉았다.
　　계오린을 일등석으로 안내한 에바의 제 일 비서 니나는 주위를 한 바퀴 살핀 뒤에 오린 옆에 정석한다.
　　극장안 불은 모두 꺼지고 고전음악이 관객의 안정을 유도한다. 숨소리도 죽은 듯 어둠은 계속되고 계오린은 짙은 니나의 노랑머리 향기가 코밑에 와 닿는 것을 느낀다. 니나는 노골적이고 적극적이다.
　　무대의 조명이 서서히 밝아지면서 조명에 의해 배우들이 등장한다.

"토스카 TOSCA."

어디서 본 듯한 연출은 계속 진행한다.

니나는 훤칠한 키에 노랑 눈, 노랑 머리의 가느다란 팔등신 미인이다. 영어통역을 하면서 에바와 항상 밀착 행동한다.

에바가 그 특유의 험산한 인상으로 고성을 지르며 진행 아가씨들을 질책하다가도 니나가 오면 조용해진다. 그 니나가 지금 오린의 감성을 흔들고 있다.

그런데 지금 에바는 이 사항을 숨어 지켜보고 있는지 보이질 않는다. 틀림없이 읽고 있으리라.

계오린이 그렇게 생각하는 데는 충분한 이유가 있었다.

앞뒤 사항이 그렇게 생각하게 만들었다.

계오린의 호기심은 점점 발동한다.

그때 오린 눈에 들어온 배우, 그는 위라크라다. 어찌 된 일인가?

갈피를 잡을 수가 없다.

"니나, 저기 위라크라!"

니나도 놀란다.

"위라크라는 진행 멤버 아닌가?"

"자원봉사자예요."

"아니 에바와 친한 사이 아닌가?"

"그건 잘 몰라요."

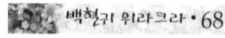

"가까이 지내던데."

"아무 여자나 그래요."

참으로 이상도 하다.

대회 마지막 날 계오린은 자기가 주관하는 행촌문화상을 대회장 에바에게 수여한다.

그리고 시내관광으로 고도 야사(Iasi)의 심장을 살피고 이 도시가 지탱하고 있는 문화의 깊은 뿌리를 살펴본다.

자기중심의 일방통행, 에바 같은 사람이 제자들에게 신임과 믿음을 받는 이유를 알 것만 같다.

그들은 지극히 독선적인 에바의 거리낌없는 위선의 자유분방한 행동에 편승하고 있는지도 모를 일이다.

계오린은 야사에서 마지막 밤을 그러한 의문에서 벗어나 좋은 밤을 기원해 본다.

트래안 호텔의 레스토랑은 멋진 무도장으로 바뀌었고 라틴음악 5인조 밴드는 연주를 시작했다.

미인 비서들을 끼고 제멋대로 굴러다니는 에바는 끊임 없이 와인을 공급하는데 매력이 있다. 특히 화이트 와인을 즐기는 계오린에겐 필요 적절한 인물로 부각된다.

'암, 사람이 흠도 있고 장점도 있는 거야. 술은 메마른 인정을 나누는 매개체란 것을 에바, 그는 어떻게 알았을까?'

혼자 되씹는 계오린은 감성을 억제하며 우둔한 바보처럼 한복

정장에 자리를 지키며 피어 오르는 흥을 억제하고 있다.

'남미의 밤' 이 밤은 멕시코 여류시인클럽에서 마련한 이벤트인 것이다.

그녀들은 보물찾기에 뽑힌 시인에게 발렌타인 위스키를 마시게 하는 게임으로 마시면 취하는 섭리를 이용하여 자유, 평등의 흥을 자유로이 이끌어 내는 계획이 진행된다.

모두는 스스로의 신명에 젖어 어쩔 줄을 모르고 '라파로마', '라콤파라시다' 등 탱고리듬이 홀을 감미로운 도가니로 만들고 누구 할 것 없이 제멋에 겨워 춤을 추기 시작한다.

황홀한 조명과 가득한 사람, 파도가 밀려가듯 자기 짝과 덩실덩실 춤을 춘다. 위라크라는 젊고 젊은 CNN의 특파원 L시인과 탱고를 춘다. 대단한 춤솜씨는 오린을 매혹시킨다.

허리까지 파진 그녀의 치마는 순식간에 오묘한 그녀의 속살을 보임으로써 감성에 자극을 극대화시킨다.

술과 음악 그리고 섹시한 여체. 동서남북의 인류가 생체적인 감성의 통일을 마음껏 즐기는 환호의 순간은 모두 같이 한바탕 그렇게 흘러갔다.

그러나 끈끈한 내면세계에서 우러나오는 진골의 감각은 서서히 열을 올리고 있다.

어느 사이 위라크라를 낚아챈 계오린은 바닥에서 솟고 있는 열기와 신명으로 날으는 듯 탱고리듬에 날개를 달며 돌아가기를 시작한다.

너무나 호흡과 스텝이 잘 맞는 신비감에 위라크라와 계오린은 스스로 놀란다.

'바로 이것이야, 탱고의 리듬. 그 춤의 묘미.'

이상한 여자 위라크라의 속삭이는 소리는 연회장의 열기에 석유를 붓는 격이다.

형식과 규칙은 특별한 것이 아니고 모두의 신명 속에 내재하고 있다. 그것들이 한꺼번에 쏟아져 나와 활활 타고 있는 것이다.

흥에 겨운 메들리 밴드는 더욱 신명을 내고 신명의 불길은 절반이나 솟아 파트너가 누구인지 분간하기 어렵다. 영감을 더듬고 잡히는 것이 있으면 감성을 짜내기에 핏기 없는 시인들의 흥은 극치를 달리며 탄다.

"친구, 친구 friend! 잘 가라! 내년에 다시 보자! 날이 밝으면 제각기 다른 비행기에 몸을 싣고 조국을 찾아갈 사람아! 짧은 시간, 소중한 시간, 함께 한 시간, 영원히 지울 수 없는 보람찬 시간, 모두 함께 기원하자! 세계 자유 평화."

연회는 지쳐 사그라들면서도 풍악은 계속 울리고 있다. 그들 악사들이 이처럼 신이 나는 것은 신명으로 춤추는 사람이 있기 때문이었다.

계오린은 트래안 호텔 313호실로 돌아왔다.

떠나는 시인들과 작별 인사를 나누며 야밤에 떠나는 시인 중에

는 원경수도 있다. 예복을 입고 명예학위를 받으며 돌아가 조상
에 제사를 올려야 한다는 박상용 시인도 먼저 떠난다.

그들은 이 밤이 새도록 열차를 타고 부크레시티에 도착, 스키폴
행 비행기를 타야 한다. 먼저 원경수를 떠나 보낸 오린은 내일 여
행준비를 대충 정리하고 홀로 잠을 청한다.

아직도 라틴 탱고에 찰싹 감긴 위라크라의 환상적인 스텝을 떨
쳐 버릴 수가 없어 감미로운 미로를 더듬고 있는데 잠긴 방문이
스스로 열리며 꿈결처럼 위라크라, 그녀가 쳐들어 온다.

"위라크라 웬일이야?"

그녀는 대답 대신 미소를 짓는다.

"위라크라 집에 가지 않았어요? 여기는 어떻게……."

"호호호! 내가 집이 어디 있어요? 여기가 내 방인데, 아직도 모
르시나요?"

"무슨 소리야?"

"그렇다니까요, 문을 열어주세요. 제발."

"이러지 마요, 내일부터 강행군 여행이 시작돼요."

"알고 있습니다. 선생님과 저는 동행하게 되어 있어요. 숙명이
니까."

위기였다.

계오린은 가방에서 준비해 간 팩소주를 꺼낸다. 그리고 물 마시
는 글라스에 소주를 가득 채워 건배를 한다. 그리고 건배한 술잔

은 단숨에 비우는 것이 예의라고 힘주어 말한다. 찬스였다.

위라크라는 '참이슬' 맛에 단번에 반해 버린 눈치다. 소주잔을 연거푸 들어 삼킨다.

'좋아 마셔 버려!'

이렇게 몇 번을 거듭한 위라크라의 혈관에는 포도주 알콜의 세 배 가까운 소주 맛에 취하고 만다.

몸을 던져 밀착하는 위라크라의 목적은 무엇인지 알 수는 없다. 언제까지!

그녀는 오늘밤에 기필코 오린을 정복하려 작정하지만 참이슬에 잠깐 필름이 끊어진 상태로 시간은 흘러가 버린다.

'잠깐'은 벌써 새벽을 모셔왔고 오린은 예정대로 일찍 산책을 나간다.

계오린은 알콜에 만취하는 날엔 더 일찍 일어나 산책하는 습관이 있다.

계오린은 위라크라와 만난 것을 지극히 우연으로 생각하면서도 석연치 않게 밀착하려는 적극적인 그녀의 태도에 의심이 간다.

무슨 속셈이 있는 것은 아닐까?

경계를 하면서도 그녀와 같이 있는 시간이 싫지 않다. 그리고 그녀의 체취가 자꾸만 말초신경에 머물고 있다. 미련처럼!

계오린은 아침 공기를 가르며 10여㎞ 정도를 무작정 뛰었다. 도시 외곽인 듯 전형적인 서양 양옥촌이 모두 집집마다 일련번호가 붙어 있다. 아담한 공원이 있고 코너 집 앞에서 어떤 여인이 손짓을 하며 미소를 보낸다.

그녀는 대회 행사장에서 만난 에리나!

소설을 창작하면서 취재에 임하는 여기 뉴타임지 신문 기자다.

에리나 옆에는 요로단 여사도 함께 있다. 요로단 사원의 수녀이면서 시를 쓴다고 했다.

"안녕하십니까? 여기가 댁이십니까?"

"네, 저기요."

"아, 네 참 특색 있고 좋습니다. 공원을 끼고 있어 산책은 자유롭겠습니다."

"그렇습니다. 아침구보를 항상 하세요? 호텔까지 10여 ㎞가 넘는데……."

"네, 특히 음주한 다음날 아침은 꼭 하지요."

"여기까지 오셨으니 저의 집에 초청하고 싶은데요. 가시지요."

에리나는 아직 미혼인 듯 집안 분위기가 그랬다.

그녀는 케이크에다 차를 내왔다.

레몬향이 거실의 아침 공기를 깨운다.

"고맙습니다. 저희 집에 오시다니요!"

"정말 반갑습니다. 우연치고는 정말 우연입니다. 에리나 시인님."

"그렇지 않아도 초청하려 했습니다만 어느 사이 송별회가 끝나

버렸거든요."

"그랬습니까? 이 영광스런 일을……."

"그래서 여행을 준비했습니다. 저와 같이 가실래요? 요로단 수녀님도 함께 갑니다."

"요로단 수녀님도요?"

"요로단 수녀님은 수세비타산에 있는 후몰보로네트 사원에 사제로 계십니다. 오늘 제일 먼저 그곳으로 가려 하는데요. 유네스코에서 보호하는 유서 깊은 성입니다."

"저도 같이 갑니까?"

"물론이지요. 여행은 가지 않으려고 했어요. 선생님과 가고 싶어 서둘렀습니다."

계오린은 기분 좋은 아침이다. 심장이 빨라졌다.

에리나 기자는 얼굴이 둥글고 머리칼과 눈이 까만 동양적인 미인이다. 품위와 지식을 두루 갖춘 듯한 포근한 안정감을 주면서 전일에 인터뷰한 기자였기에 인상이 깊다.

그리고 요로단 수녀는 50대의 봉직에 정성을 다하며 시를 짓고 있는 삶의 철학이 유리알같이 보이는 여자다. 시를 짓고 좋아하는 동호인으로 행사에 참석했지만 오랜 인연으로 끈끈한 정이 흐르는 듯한 사람들이다. 전일에는 감동 넘치게 자작시 낭송의 열정을 보여주어 박수 세례를 받으며 주목케 했다. 그리고 타인의 시선에 열중하며 감상하는 모습이 외경심을 느끼게도 한다.

특히 에리나의 잔잔한 미소는 한없이 깊은 연정의 고향을 그리게 한다.

지난 4박 5일간의 시정을 되돌아 보며 이런 저런 이야기를 하는 동안 찻잔은 비었다. 다시 한 잔을 청해 마신 계오린은 시계를 봤다. 어느새 9시가 넘었다. 에리나는 깜짝 놀라며 서둘러 나왔다. 세 사람은 택시를 탄다. 트래안 호텔 앞에는 여행버스가 대기하고 있다. 먼저 가방을 챙긴 일행들은 타고 있었다.

313호실에서 가방을 챙기는 순간 위라크라는 어디서 이제 오느냐며 째려보는 눈빛이 어찌나 강열한지 사람같지 않았다.

프론트에 계산을 끝내는 순간 텔러 알리가 자기 얼굴 사진과 주소가 적힌 카드 한 장을 건네준다.

4일 밤마다 손수 작은 와인병을 갖다 주던 텔러 알리는 이 호텔에 격일로 근무한다고 한다.

자기 근무일이 아닌 날 밤에도 와인을 갖다 주었다. 공식적인 호텔서비스가 아니다.

텔러 알리는 누구일까? 헤드라이트같이 밝은 눈과 복숭아 같은 피부향, 먼로 같은 미인이다.

그녀는 한국에 돌아가면 편지를 하란다. 그리고 자기도 편지하겠단다. 그러면서 터키 지중해연안 안타니에서 만날 수 있느냐며 돌아가서 답을 보내란다.

IV. 아름다운 루마니아

버스에 탄 계오린은 시간이 너무 안타깝다. 미련까지 버리고 가는 아쉬움이 목구멍에 치밀어 가슴이 답답하다.

'정이 헤퍼서일까? 만나는 사람마다 정을 느끼면 어쩌자는 것일까? 아니야, 그렇지가 않아, 이번 루마니아 여행만은 특별해, 무슨 일일까?'

계오린이 탄 버스는 끝간 데 없는 경작지를 달린다.

술 취한 전신주가 비틀비틀 까마득하게 밭이랑으로 달려가고 가끔 새들이 폴폴 날 뿐 사람, 우마도 보이지 않는다.

이렇게 얼마를 갔을까?

추리나무가 울창한 비탈길을 오른다.

몇 굽이를 돌아 구릉지가 보이고 그림 같은 집 마당에는 땔감 장작을 담벼락처럼 쌓아놓고 옹기종기 엷은 연기가 피어 오른다. 그렇게 한참을 더 가니 후몰보로네트 사원에 이른다. 입장 요금은 없고 비디오를 휴대한 사람은 10달러, 카메라를 휴대한 사람은 5달러를 내야 한다. 계오린은 15달러를 내고 들어간다.

성당 형태도 아니고 절 형태도 아닌 옛 성주의 집같이 보인다.

외벽에도 다기하고 원색적인 벽화가 도배를 하고 내부에는 성모마리아나 예수의 초상화가 아니고 이 성에 살았던 성주들의 가족 계열 초상이 아닌가 싶다. 성모 마리아나 예수님 상이 없는 것은 아니나 대표적으로 옛 성주의 계열상이라면 그들 후손은 어디에서 산단 말인가?

오랜 공산주의 영향으로 아리송해진 것일까?

요로단 수녀 시인의 설명은 벽화와 초상화를 역점으로 이야기한다.

종교나 주교 등 종교 설명은 하지 않는다. 사제는 주교나 신부를 통털어 이르는 말인데 수녀제복의 요로단을 사제로 호칭하는 것도 이상하지만 사원 또는 성이라고 하는 것도 알쏭하다.

계오린은 자신이 설명을 잘못 이해하는 것으로 더 이상 알려고 하지 않는다.

다만 초상이나 벽화의 예술적 측면, 그리고 천연색의 사용 물감은 어떤 것일까에 골몰한다. 그리고 짐작컨대 로마 교황청이나 기타 카톨릭 재단에서는 지원이 전혀 없고 관람손님들의 촬영허가에서 받는 돈과 간단한 기념품 등을 팔아서 유지비로 쓰고 있다고 느낀다. 그쪽에 수녀들이 집중하고 있기 때문이다.

또한 유지관리가 어렵다는 느낌을 준다.

수세비타산은 험준한 악산은 아니지만 루마니아 북쪽 올림포스로 가는 길목 고랭지 지대라며 니나가 가까이 팔짱을 끼면서 설명을 한다.

냉기가 제법 쌀쌀하다.

요로단 수녀 시인을 떼놓고 땅거미가 내리는 거리로 버스는 계속 달린다. 저녁 8시가 지나서야 호텔 베스트위스턴이 있는 부코니바에서 여장을 푼다.

저녁을 먹고 샤워를 끝낸 계오린은 상당히 지쳐 있다.

내일 스케줄을 대충 정리하고 잠깐 지나온 곳을 되돌아 본다.

굽이굽이 펼쳐지는 능선에 목축민들의 초원에서는 목동들의 피리소리가 들리는 듯 환청에 잠기기도 하고 멀리 흰눈을 이고 있는 알프스로 바라본 고산의 적설은 만년설 같았다.

한 폭의 서양화 그림들은 밤이 되면서 반딧불처럼 반짝이는 삶의 신호 같은 저지대의 저녁연기.

아직도 산업자본의 때가 묻지 않은 자연경치가 너무나 아름답다고 생각하며 막힘없이 흐르는 물같이 동호인의 우정을 카메라에 담던 즐거움이 여운으로 다가오며 잠이 몰려오고 있다.

그때 에바는 또 한 병의 와인병을 들고 니나와 그의 여비서들을 이끌고 쳐들어 온다.

백포도주만 보면 미치는 계오린은 한 잔에 피로를 쫓고 그들과 어울려서 같이 수작을 부린다.

"하이! 오린 오늘 밤 이 애 어때?"

에바는 벌써 술이 취해 담배를 꼬나 물고 담뱃재를 폴폴 날리며 시비를 건다. 아홉달 만삭 같은 그의 배꼽 아래 아슬아슬하게 걸려 있는 허리띠가 끊어질 것만 같이 팽팽하다.

카이젤 콧수염에 그 특유의 표정은 진실로 하는 말인지 떠보는 수작인지 판단키 어렵다.

계오린은 농담으로 받는다.

"당사자만 반대하지 않는다면 좋아, 하지만 오늘밤은 니나면 좋겠어."

"그건 안돼, 안돼, 안돼."

"왜? 하룻밤도 안 되겠어? 인심 좀 쓰지!"

"오! 우리 위대한 시인에게 좋아. 부크레시티에 가서……."

"부크레시티 가기 전에 미쳐 죽겠다."

그때 니나는 계오린 무릎에 걸터앉아 늘씬한 다리를 뻗으며 뽀뽀를 한다.

금세 눈에 불을 켜며 니나를 낚아채는 에바.

그러나 니나는 계오린의 방에서 오늘 밤을 지새고 싶은 심정이다. 그러나 아무래도 불가능하다.

계오린에게는 에바의 비서진도 비서진이지만 에리나가 잔잔한 눈빛을 보내고 위라크라 귀신이 계속 에워싸고 있기 때문이다.

강제로 끌려 나가는 니나의 허리는 길게 드리워지고 있다. 짧은 치마는 배꼽도 감추지 못한다.

조금 후에 에리나 전화가 온다. 계오린에게 침상에 들었느냐고 묻는다. 계오린은 그렇다고 대답한다. 그리고 금세 후회한다.

'차 한 잔 할 것을…….'

그러나 계오린의 거절 의사는 이미 상대방에게 전달되었다.

계오린은 분명히 방문을 걸고 잔다. 아니 호텔 방문은 자동으로 잠긴다.

그런데 웬일일까?

새벽에 잠에서 깨었을 때는 위라크라가 같이 이불 밑에 누워 있지 않은가?

계오린은 소스라치면서 자신의 몸을 확인한다.

별 큰 이상은 없다. 그러나 위라크라가 계오린이 깊이 잠든 사이 무슨 짓을 했는지는 모를 일이다.

'그녀는 틀림없는 귀신이다. 귀신이 아닐 바에야 귀신같이 방을 드나들 수 있을까?'

트래안 호텔에서도 그랬다. 방문은 분명히 걸려 있는데 위라크라는 드나들었다.

그런데 분명한 것은 위라크라는 여성만 있거나 빈 방에는 절대로 들어가지 못한다. 꼭 어떤 남성이 문을 열어주기 때문이다.

그녀에게는 다른 여성보다 특별하고 강력한 위력의 향소(암내) 혼이 숨어 있다.

이 혼은 1462년 십자군이 콘스탄티노블을 함락하면서부터 원인이 생겨 났고 이 전설 같은 향소는 아직도 루마니아 그곳에서 아무도 모르게 솟아오르고 있는 샘물 같은 신비의 이야기로 전해 내려온다.

한편 계오린은 중요한 행사 때는 꼭 한복을 입는다. 그 외는 넥타이를 맨 정장 차림이나 스포틱하게도 입고 여행하는 것이 습관처럼 되어 버렸다.

그러면서도 동양사상, 한민족의 수호신으로 믿고 있는 하회탈 모양의 목걸이를 주로 하는데 자신의 영혼이 병들지 않게 잠을 잘 때는 이 목걸이를 꼭 착용하는 버릇이 있다. 물론 지난밤에도 목걸이를 착용한 채로 잤다.

그동안 위라크라가 계오린에게 이상하게 접근하면서 어쩐지 탈 목걸이를 싫어하는 눈치를 읽지 못했다.

그러나 위라크라는 이 목걸이 때문에 초인간적 능력을 가진 자신의 향소 혼이 뜻을 이루지 못하고 있어 더욱 날마다 기회를 엿보는 중이다.

하지만 위라크라 향소 혼은 혈소의 백혈(호르몬)을 공급하지 않으면 탐닉의 고통을 감내키 어려운 지경에 이르고 결국은 수단과 방법을 다 동원하여 백혈을 흡입해야 한다.

그러한 향소의 혼은 순수한 우주의 질서 자연철학을 바탕으로 하는 흰 피를 먹고 사는 아주 위험한 재앙이다.

위라크라는 지난밤 베스트위스턴 호텔에서 라운지로 유혹한 계오린과 나이트에서 충분한 서곡을 지나 녹초로 만들어 버린 그의 육신을 부축하여 302호 오린의 이불 속에까지 들어 갔으나 꿈결처럼 탈목걸이를 찾아 목에 거는 오린의 탈목걸이를 저주하며 어쩔 수 없이 옆방 이치로 시인의 방을 다녀왔다. 그러함에도 계오린은 어젯밤 일들을 꿈으로 기억하고 있을 뿐이다.

꿈을 꾸는 환상은 너무나 황홀하고 즐거웠는데 아침에 일어난 기분은 아주 좋지 않다.

한참이나 그림 같은 목장을 지나온 버스는 똬리튼 구렁이처럼 꿈틀꿈틀 기어오르다가 숨막히는 계곡을 터널처럼 빠져든다.

하늘은 볼 수 없고 다가서는 벼랑을 신기하리만치 끼고 도는데 360도 꼽돌아 앞 벼랑 사이 낭떠러지가 수천 길 까마득하다. 가슴이 점점 조여 온다. 이러다가 어디까지 떨어질 것인가?

잔설이 올라갈수록 쌓이고 쌓여 설산으로 변하고 가끔 후락하는 바람을 일으키며 눈사태가 쏟아진다.

벼랑을 타고 한 모퉁이를 끼고 돌면서 직선 계곡으로 접어들었다. 이제 여기를 빠져 나가면 정상의 고개이겠지 하는 생각은 모두 허구이다.

어디가 정상인가? 지쳐 아예 포기한 기분을 따라 전진을 하는데 산정 호수가 펼쳐진다.

저 멀리 눈산을 이고 호수의 물결은 잔잔히 숨쉰다.

니나가 계오린의 무릎 위에 손을 걸치며 속삭인다.

"여기가 루마니아의 올림프 케수류산입니다. 아름답지요?"

"너무 아름다워 죽는 줄 알았습니다. 정상에 이 호수는 무엇입니까?"

"아직 정상의 고개는 조금 더 올라가야 하구요, 여기는 비케즈스 호수입니다. 거기는 댐이고요."

계오린은 놀라는 표정을 짓는다.

"비케즈스댐! 댐이라면 강물이 여기로 흘러 들어와 호수를 이루고 댐 어디선가 수력발전도 하는 산업용 수자원 담수지란 말입니까?"

"그럼요, 천혜의 위대한 자원이지요."

오린의 벌어진 입은 다물어지지 않는다.

버스는 아름드리 추리나무의 밀림을 비집고 나가다가 통나무 별장 마당에 정거를 한다. 심심 산속 호숫가에 안식처가 구름 위에 떠 있는 것처럼 착각한다.

오린은 몇 시간이나 아슬한 벼랑을 타고 올라온 기억 때문에 자신이 산꼭대기 난간에 있는 것처럼 전신이 짜릿짜릿하다.

버스에서 에바 손에 부축되어 의자에 겨우 앉는 이치로 시인은 어찌된 일인지 그는 완전히 탈진해 의식이 희미하다. 와중에 희식희식 웃는 모습은 실성한 사람이 된 것 같다. 밤사이 안녕이란 인사말이 의미 깊게 떠오른다.

절벽 난간의 기막히는 정경에 얼어 그가 지금 얼마나 기진하고 있는지를 생각할 겨를이 없다.

그러나 그를 보는 지금의 눈빛들은 모두 의아해 하는 놀람이다.

갑자기 왜 저렇게 되었을까? 모두는 고개를 갸우뚱 비틀고 스스로를 의심한다.

그 까닭을 위라크라 외는 아무도 모르기 때문이다.

아무튼 양고기 바베큐에 백포도주 맛. 그 일미가 이 산장에 쓸쓸한 정감을 단번에 녹여준다. 니나와 에리나 그들은 모두 자기 조국에 대한 자랑을 늘어 놓는다.

아름다운 호수와 만년설에 얽힌 전설 같은 연인의 이야기, 레몬 같은 사랑의 향기를 이야기한다.

니나가 내민 긴 담배 한 개비를 받아 문 계오린은 그녀가 켠 라이타로 불을 붙인 담배를 빤다. 오래간만에 빠는 담배 맛이 누룽지 숭늉처럼 구수하다. 연기를 길게 큰숨을 몰아쉰 오린은 무심코 담배 필터에 눈이 간다.

'made in U.S.A 켄트' 라 적혀 있다.

루마니아 사람들은 비교적 담배를 애연하고 있다. 그럼에도 양담배가 주종을 이루고 있다.

별로 심각한 일은 아니지만 오린은 한때 아니 지금도 자신의 조국에서도 양담배꾼이 많은 것에 대한 의문을 품는다.

추리나무를 기대고 선 계오린을 기대고 선 니나는 계속 연기를 날리며 머리카락은 더욱 샛노란 빛을 바람에 날린다.

전설 같은 에리나의 이야기는 계속되고.

"저기 보이는 저 많은 설봉은 영원히 저렇게 뻗치어 이 호수를 지킬 것입니다. 중세 유럽의 봉건제도 그리고 기독교에 의해 지탱하는 사회가 무너지는 십자군 전쟁은 1096년부터 200여년 지속되면서 700만명이 동원되고 200만명이나 전사한 인류 최초 최대 살상을 낳은 전쟁이었습니다. 지금도 교인들은 성지순례를 생애 최고 영광으로 생각하지만 중세에는 예수의 유적을 돌아보고 그 무덤에 참배하는 것을 평생의 소원으로 여기는 때에 서아시아에서 세력을 떨치던 터키 투르크족의 일파가 예루살렘을 점령하고 순례자들을 괴롭히면서 동로마 콘스탄티노플에 공격을 가해옴에 동로마 황제는 로마교황에게 구원을 청하였습니다.

당시 교황 오루반 2세는 기다리고 있었다는 듯 성지탈환 궐기를 호소하니 신앙심을 앞세운 각국의 제후가 감격하여 여기에 호응, 신의 이름을 내세운 야만적인 학살을 감행하였던 것입니다.

투루크족의 일파 셀주크족은 사실 이슬람교도였음으로 그리스도 교도라는 것을 확실하게 하기 위하여 십자군은 군기나 군복에 십자가를 달았는데 1차 원정에 승리로 예루살렘 왕국을 세웠으나 다시 이슬람교도에게 빼앗기고 말았습니다.

이렇게 200여년 7차례나 이스탄불에서 스페인, 영국까지 정벌하면서 살상의 만행과 종교적 순수성을 잃어가다가 제4차 발기

한 십자군은 베니스 상인의 농락에 빠져 그리스교도의 나라 동로마 제국을 공격, 멸망시키는 넌센스를 보이기도 했습니다.

돈에 노예가 되어 버린 십자군 수뇌부를 매수한 베네치아 상인들은 당시 무역상에 경쟁자였던 콘스탄티노플의 동로마인들을 골탕 먹이기 위하여 십자군을 그쪽으로 끌고 갔던 것입니다.

그리하여 결국 십자군의 발기 원정은 실패로 끝나고 말았던 것입니다.

십자군의 실패로 신앙의 갈등과 교황의 권위가 크게 떨어지고 제후, 귀족, 기사 등 귀족 세력이 꺾이면서 봉건제도가 무너지고 왕을 중심으로 근대국가 형태가 움트기 시작했지요. 그 이후에 1452년경에 이스탄불 소아시아쪽에는 세력을 확장한 오스만 제국 메호메트 2세가 이스탄불 유럽쪽의 콘스탄티노플을 공격하기 위하여 루멜리성을 그해 3월 2일에 착공 4개월만에 완성했던 것입니다.

그리고는 이 성은 지금 보스포러스 해협의 양쪽 해안 폭이 3.6 km 넓은 곳과 698m의 가장 좁은 곳으로 되어 있는 그중에 오스만 군대가 콘스탄티노플을 함락하는 데 중요한 요새의 전략기지였습니다.

다음해 4월 11일에 오스만 제국 메호메트 2세 황제는 비잔틴 제국의 황제에 무조건 항복을 제의했으나 콘스탄티누스 황제가 이를 거절하면서부터 오스만 군대는 공격을 시작했던 것입니다.

콘스탄티노플을 함락하기 위해서는 오스만 제국 군대가 내륙으로 투입, 점령해 가야 한다는 전략으로 72척의 배를 한밤중에 밀고 꺾어 해협으로 이동한 것이 아니라 산을 넘어 이동시키는 작전에 성공 54일 만에 콘스탄티노플을 함락하고 서북진으로 세력을 뻗혀 가게 된 것입니다.

이렇게 오스만제국 군대가 파죽지세로 세력을 팽창, 1462년에는 루마니아까지 점령해 갔던 것입니다.

지금의 루마니아 중부 브라소브에는 브랜느 성이 있었고 드라큐라 왕자가 살았는데 그리스도교도의 십자군 후예로 전장에 나가게 되었습니다.

왕자를 진정으로 사랑하던 그의 아내는 출정하는 날, 남편과 밤을 지새며 키스와 사랑을 퍼부었습니다. 출정한 왕자가 쉬 돌아오지 않자 파죽지세의 적군에게 전사한 것이 확실하다 믿은 나머지 사랑하는 왕자를 따라 간다며 성좌 앞에서 스스로 목숨을 끊고 말았는데 창살로 적국의 육신을 관통시켜 그 피를 마시면서 살아 돌아와 보니 그처럼 사랑했기에 사람 피를 마시며 스스로 악마가 되어 돌아온 그는 방치한 애인의 육신을 거둘 수밖에 없었던 것이었어요.

그리스도교에서는 자살한 영혼은 구원하지 않는다는 교회법 때문이란 것입니다. 왕자는 그리스도를 위하여 목숨 바쳐 싸웠고 사랑을 위하여 죽지 않고 돌아왔는데 이럴 수가 있느냐며 그리스도교를 저주하게 되고 신은 노하여 그를 벌하기를 흡혈귀로 만들었지만 사실 그는 전장에서 적군의 피로 살아났기에 피를 좋아하는 습관성 환자가 될 수밖에 없었던 것이지요. 그런데 그를 진정으로 사랑하는 미나란 아름다운 여인이 있었어요."

에리나가 이 대목에서 한숨 돌리자 열심히 경청하고 있던 계오린이 감탄을 한다.

"에리나, 어찌 그리도 소상하게 중세 역사를 알고 있소?"

제법 오래도록 침묵한 니나가 한 마디 거든다.

"그때도 나와 똑같은 니나가 있었단 말야?"

"니나가 아니고 미나란 예쁘고 아름다운 여자가 있었대."

계오린은 순간적으로 말실수를 한다. 꼭 에리나의 이야기를 중지시킬 뜻은 아닌데.

"그 유명한 '드라큐라' 이야기를 하는 거지요?"

"오, 선생님 그 이야기 아세요?"

"그럼요, 영화도 봤는데요."

"영화하고는 달라요. 끝에만 마무리 할게요."

"미안해요. 조금은 서운하네요. 에리나 이야기를 다 듣지 못해서."

"미나와 드라큐라는 서로 진정한 사랑이 불타고 있었어요. 그래서 드라큐라는 탈을 쓰고 미나를 만났으나 그를 사랑하는 진실은 미나를 더 속일 수가 없어 고백하게 되는데 미나는 사랑을 위해 그 남자 심장의 피를 마시고 스스로 흡혈귀로 지원을 하여 사람을 해치게 되니 두 악마는 시민에 의해 쫓기고 쫓기자 당대의 장사 큐가 작살한 쇠말뚝을 심장에 박은 채 더 이상 사람을 해치지 못하고 저 만년설 계곡 눈사태 속에서 죽어 있다고 합니다."

에리나가 떨리는 손가락 끝으로 하얀 드레스를 휘날리는 선녀들이 거닐고 있는 듯한 신비스런 묏부리를 가리킨다.

그들은 모두 설산의 배경을 바라보고 말없이 생각에 잠긴다.

별장에서 기동한 버스는 서서히 전진하기 시작한다.

어디선가 강물이 흘러 들어오고 협곡과 벼랑을 끼고 돌아나가는데 하늘을 찌를 듯 묏부리가 아득하다. 이 산봉우리 만년설은 녹아 본 일이 없다며 조금 전 에리나가 이야기한 내용이 진실인 양 니나는 열을 올린다.

"저 계곡 만년설 속에는 아직도 왕자와 미나의 사랑이 에델바이스로 피어 있을 것입니다. 사랑은 죽음보다 강하다는 진리를 말하며 '사랑은 죽어도 역사는 남는다' 라고."

"그럼요. 그럴 거예요. 그 에델바이스 새하얀 꽃을 보고 싶습니다."

계오린은 생각 없이 말대답을 한다. 사실은 생각이 없는 것이 아니고 우연의 일치로 백색의 심오함에 감복한 것이다.

"지금도 피어 있어요. 눈처럼 새하얀 색깔이기 때문에 사람 눈에 안 보일 뿐이지."

"니나는 본 것처럼 이야기 하는군. 에리나도 보았습니까?"

"마음 속으로 보았습니다. 그렇게 믿어져요. 직접 가보지는 못하였지만 이 산악에는 에델바이스가 많이 핍니다."

"에리나가 정답입니다."

계오린은 우정 니나의 표정을 살핀다.

"지금도 새하얗게 피어 있다니까요. 런던 동물원에서 탈출한 늑대가 먹어치워 잘 안 보이지만요. 그래서 그 늑대를 잡으려고 이름난 포수들은 다 모여 총질을 하는데 먹을 것이 없어 사람의 피를 찾아 서로 사냥했다고 하더라고요. 세상에⋯⋯."

"세상에는 빛과 어두움이 공존합니다. 사랑이란 것도 빛날 때와 어두울 때가 있기 때문에 절대라는 사실은 존재할 수가 없는 것이지요."

"절대적인 사랑은 없다고요? 그렇다면 세상에 믿을 사람은 없겠네요?"

"그렇게 생각하는 사랑이 오래오래 갈 수 있을 것입니다."

에리나의 얼굴에 그늘이 스쳐 간다.

반면에 니나는 '뭐 그런 거지 그런 거야'를 외우고 있는 표정이다.

계오린은 에리나를 위해서 더 설명이 필요할 것 같다.

"이성간의 사랑은 스킨쉽의 작용이 크다고 보아야지요. 성희가 바로 그런 것 아니겠어요? 피부의 마찰로 발생하는 감각의 무게는 마음을 움직이지요. 역으로 마음을 집중하여 깊은 관심에서 이루어지는 스킨쉽은 그만큼 감각의 제국을 다스리게 되니까요. 다시 말해 '병아리가 먼저다. 달걀이 먼저다'를 따지는 것과 같이 상관 작용의 선후는 식별하기 어려운 것이지요. 모든 사물의 이치는 상대적입니다. 그것을 상생 원리라 하지요. 드라큐라와 미나의 사건은 충동적인 감정이 빚은 사건일 수도 있다는 것을 배제할 수는 없다고 할 것입니다."

"그런 모욕적인 말씀이 어디 있어요? 선생님은 고귀한 사랑을 모르고 있어요."

에리나가 심한 오해의 반응을 보인다.

계오린은 아름답고 동양적인 그녀의 품위에 빠져 있다. 그래서 좀더 자신의 마음을 적극적으로 표현키 위한 해설은 에리나를 자극하는 데 효험이 금세 나타난 것이다.

"아가페 사랑을 전면 부정하는 것이 아닙니다. 그렇다고 에로스 사랑을 어떻게 완전 부정할 수 있겠습니까? 먼저 설명한 것은 시간선상에 의미부여한 것이고요. 절대에 가까운 사랑은 아가페와 에로스가 잘 조화되어 승화하는 사랑일 것입니다. 왜냐하면 인간은 정신과 육체로 분리된 합성체라 할까요? 아무튼 정신과 육체는 따로따로 이면서도 떨어져 존재할 수 없는 상생 원리가 내재하고 있는 것이지요. 아무리 정신이 있다 해도 육체의 에너지 공급이 없으면 쓸모없는 것이며 육체가 있다 해도 정신, 즉 혼이 없으면 식물인간 구실 밖에 별 도리가 없을 테니까요."

"그렇다면 절대적인 사랑은 결국 없다 그런 말씀이군요?"

"그렇다고 보아야 합니다. 참 재미있는 것은 육체의 기능은 전적으로 혼이 지배합니다. 그런데도 육체가 생산하는 에너지를 먹고 살아 있거든요. 세상을 가만히 들여다 보면 어느 것 하나 그렇지 않은 것이 없습니다. 남녀가 벌이는 성희와 쾌락도 그렇게 사회 지배구조도 그렇습니다. 정신적으로 좋아하니까 여성이나 상대 남성이 마음에 들고 또한 좋아하니까 어떻게 하면 더 좋게 해줄 수 있을까 상대의 배려가 앞서고 그래서 노력하니까 행복한 것 아니겠습니까? 지금 내가 누군가를 무척 좋아하니까 열심히 환심을 사려고 하는 노력도 깔려 있다고 봄이 정답입니다. 그러나 좋아하면서도 불구하고 상대방도 나만큼 사랑하고 있는지도 알 수 없습니다. 그래서 절대 신뢰는 존재하지 않으며 따라서 절대 사랑은 없는 거지요."

"절대 신뢰하면 되지 않습니까?"

"물론 절대 신뢰하는 경우가 없는 것은 아닙니다. 그러나 시간선상과 교류선상에서 보면 누수가 생길 수밖에 없다 할 것입니다. 다만 누수를 틀어막기 위해 지속적으로 노력하는 길 밖에 다른 길은 아무리 찾아보아도 없습니다. 생각해 봐요. 우리는 브라소바에서 비케즈호수 그리고 댐을 지나오면서 수몰이전에 그 진실하고 사실적인 사연들을 안은 채 전혀 아무 일도 없었다는 침묵을 지키고 있는 거대한 수면을 따라 이채롭고도 예사롭지 않는 경치에 감탄을 몇 번이고 했지요. 나비의 날개짓 같은 나무들과 잔잔한 파도 위에 비치는 연꽃처럼 산뿌리의 그림자가 노닐고 있는 형상을 보면서도 감탄을 했지요. 뿐입니까? 연두빛 굽이치는 초원 위에 샛노란 잎새들의 합창이 잔잔히 들려오는 소리결마다 한 폭의 서양화로 자리 지키는 아름답고 예쁜 집들이 한 번쯤 살고 싶은 충동을 우리 모두의 마음 속에 일렁이겠죠? 꿈결처럼. 나는 아직도 황홀한 감정을 지우지 못했습니다. 그러나 그렇게 아름다움으로 변천 이전에는 무엇이 어떻게 있었으며 어떤 사랑과 미움이 있었는지에 대해서는 생각에 생각을 하지 아니 하였죠. 이 붉은 산정호수를 지키고 뻗쳐 있는 저 설산의 전설 같은 이야기를 에리나가 설명하는 것처럼 말입니다.”

에리나는 아무 말이 없다. 무엇을 열심히 찾고 있는 그 눈빛을 중심으로 백옥 같은 피부 살결이 멀리 설산 위에 아지랭이로 피고 있는 엷은 무지개처럼 아름답다.

계오린은 온몸이 전파를 타고 있다. 어젯밤 부코비아 워스톤 호텔에서 산책을 나온 에리나는 참숯 불덩이 같은 입술을 계오린에게 바쳤다. 아니 주었다.

작은 도시에는 고풍스런 시가지 중앙을 흐르는 강이 있고 강 언덕에서 고개를 들면 하얀 석회산이 뭉게구름과 함께 석양빛 꽃구름 춤을 추고 인적이 끊긴 땅거미는 두 사람을 불태우는데 불꽃이었다. 지금 계오린은 그에게 영혼이 빨려 들어가는 황홀함을 찾고 있다.

그러나 에리나는 심각한 생각의 늪을 빠져 나오지 못하고 헤매고 있는 중이다.

위라크라나 니나 같은 아가씨가 있는가 하면 에리나는 루마니아의 근대 지성으로 대표적인 여성이 분명했다. 사랑하기에 아낌없이 주고 따라서 무조건 믿으려는 동유럽 루마니아의 토종 순결의 서정성이라 할까?

마침 그 순간 버스안에서는 멕시코 여류 시인들의 패거리가 자동차 바닥을 굴리며 노래를 한다.

"베사메 베사메무초 베사메 베사메무초 리라꽃 향기를……."

에바가 오토바이 시동거는 소리로 합세한다.

니나와 에바의 비서들이 목소리를 높인다.

차는 쉬지 않고 달린다.

"나에게 전해다오……."

노래는 메들리로 시끌벅적하다.

울울 빽빽한 수림대를 터널처럼 지나가는 자동차 창밖은 어두워 잘 보이지 않는다.

무슨 까닭에 계오린은 자꾸만 에리나에게 마음을 빼앗기고 있을까?

지난날에도 나에게 이런 감정을 느끼게 한 여인이 있어 본 적이 있는가?

되돌아본다. 그리고 자신에게 물어본다.

자신이 선뜻 대답하지 못하는 또 다른 이유는 무엇일까?

계오린은 창가에 앉아 눈감으면 떠오르는 세월의 강을 건너고 있다. 산을 끼고 구불구불 돌아 도는 차창에는 어쩌다 뛰어드는 예쁜 집들이 가는 사람 오는 사람 설레게 한다.

바람 불면 날아갈 듯 안개 속에 가물가물 스키장이 잡힌다.

그러나 에리나는 심각하다.

어쩌다 접안한 배는 무슨 사연 싣고 오기에 저렇게 다정하고 또 한 무정한가?

그녀는 반코트 자락을 여민다. 마음을 가다듬으려는 노력이 역력하다. 버스 안은 점점 흥분의 도가니로 변해 가지만 그녀에게는 의미가 없다.

당신 때문에 불지핀 마음

눈감으면 천 길로 불바다다.

화왕산 억새가 한 줌 재로 남듯

타고 말리라 이대로 견딜 수 없어 타고 말리라

는개는 사라지고 밝은 달 출렁출렁

여울져간 시간 속에 전설이 잉태한

새하얀 눈산이 남빛으로 지새우다.

얼마나 나왔을까? 어디론지 버스는 좌우로 돌아 오르기를 계속한다.

그림 같은 마을이 어스름 달빛에 환상적으로 보인다.

하룻밤 여장을 풀고 쉬러 호텔을 찾아가는 길에 호텔은 스치고 계오린이 탄 버스는 산 속으로 숨어들고 있다. 드디어 아직도 경사가 살아 있는 마당에 버스는 정지하고 사람들은 호텔 로비로 쏟아져 들어간다.

계오린은 언뜻 보아 산 정상에 위치한 호텔인 듯 한적한 기분이 든다. 상당히 넓은 로비 좌쪽으로 커다란 레스토랑에는 식사하는 사람이 많지 않고 귀퉁이에 위치한 카페에 젊고 아름다운 연인들이 색색의 글라스를 앞에 놓고 정담을 나누고 있다.

계오린의 일행은 분주히 프론트에서 방 열쇠를 받아 자기 방으로 올라간다.

엘리베이터가 얼마나 낡았는지 귀신 소리를 내며 뒤뚱거린다.

513호 오린의 방은 투박한 놋쇠 열쇠로 연다. 널따란 방 중앙에 까만 더블 침대가 놓여 있고 새빨간 침대보와 하얀 베개가 두 개 나란히 놓여 있다. 방안의 가구는 온통 검은 색이고 천으로 씌워져 있는 것들은 모두 빨간 색이다.

가방을 창틀에 올려놓고 창문을 여는 순간 백색의 눈산이 달려든다.

스키장 활강 코스가 산허리로 꼬리를 감추며 월광 미색이 환상으로 붉은 시트에 숨어들고 있다. 붉디붉은 양탄자에 백색이 뛰어들어 자진하는 조화는 어쩌다 한사코 무슨 사연 쏟아 놓고 오는 사람, 가는 사람 마음 설레게 아니 미치게 하는가?

촉촉이 젖어 드는 애수에 끈적끈적 정을 신고 있다.

계오린은 갑자기 에리나가 보고 싶다.

그러나 그녀의 방은 몇 호인지 모른다.

프론트로 내려왔다. 카운터에서 확인하려다 멈춘다. 여기서 저녁을 먹기로 일정이 잡혀 있다. 식당에는 그녀가 보이지 않는다.

에바가 니나에게 뭐라 하고 있다. 그리고는 니나가 계오린에게로 온다.

노랑머리에 뽀얀 얼굴, 얇으면서도 도톰한 입술이 굉장히 섹시해 보인다.

그 입술이 움직인다.

"오린 안녕! 몇 호실이지요?"

"513호입니다."

"와인, 화이트 와인 어때요? 내방으로 오세요. 529호 아셨죠?"

에바의 비서들은 모두 젊고 예쁘다.

그러나 계속하여 에바의 감시와 지시를 받는 인상은 매우 불쾌한 향수냄새로 다가왔다.

'무슨 음모가 있는 것일까? 그것은 아닐 것이고, 아! 저들의 내

면이 노출될까 봐 단속하는 것일 게다.'

그러면서도 니나와 알리 등은 자유로워졌으면 하는 눈치가 보인다. 계오린은 니나의 요청에 대답 대신 미소만 보낸다. 우선은 에리나가 보고 싶기 때문이다.

계오린은 레스토랑을 지나 후원으로 나간다.

널따란 광장인데 파라솔 쪽에는 아득한 절벽이다.

일층 로비가 뒤쪽에서는 절벽 위에 있다는 사실을 본, 박꽃처럼 하얀 까운을 입고 멀리 눈산을 바라보고 있던 여인이 돌아서 로비쪽으로 가고 있다.

에리나였다.

계오린은 부지런히 그녀를 뒤쫓아 갔으나 그쪽 출입문으로 들어선 그녀는 엘리베이터로 사라지고 만다.

그녀의 방도 역시 5층인 모양이다.

엘리베이터가 다시 로비에 도착했을 무렵 그녀는 알 수 없는 자기 방으로 사라진 후였다.

오린은 다시 카운터쪽으로 간다. 그녀의 방 호실과 전화번호를 알기 위해서다.

다시 멈추어선다.

'어쩌자는 것인가? 한국에 데려갈 수도 없고 그렇다고 여기에 주저앉을 수도 없고. 결국 사랑이란 게 육체의 희열로 끝난다면 지각있는 성인이 할 일은 아니지, 아니야. 두 사람만의 영원한 추

억이 되지 않겠는가? 아니야. 그녀가 말은 그렇게 하지만 여자이니까 내일을 생각하겠지.'

계오린의 생각이 여기까지 미치면서 카페로 걸어간다.

그는 화이트 와인을 주문했다. 글라스에 가득한 액체의 향기가 코 끝을 자극한다. 오린은 목구멍 가득 포도주를 넘긴다. 식도로 내려가는 액체의 향이 코 끝까지 자극한다.

'새옹지마라 했지.'

이 술이 감정을 지켜 주나 싶다.

'누구나 욕망은 불타오르겠지만 숙명에 없는 것들은 피하는 게 좋아.'

단숨에 잔을 비우고 한 잔을 또 따르는데 에바가 나타났다. 누렇게 뜬 손가락 사이에 꽁초가 타고 있고 붙두덕까지 바지는 내려간 상태로 식식거리는 그대로다.

"하이 계오린. 한 잔하자고. 내 방으로 오시라 했는데 어째 여기?"

계오린은 에바의 말에 정신이 든다.

한 잔하자 초대한 이는 니나였는데 지금 에바는 분명히 내 방이라 한다. 그렇다면 에바와 니나는 한 방을 쓰고 있다는 이야기 아닌가? 오린의 예감은 사실로 드러난다.

"오, 에바 한 잔하지."

계오린은 더 이상 캐묻지 않았다.

"OK."

에바는 옆자리에 바싹 앉으며 담배를 권한다.

담배에 불을 붙인 오린은 길고 크게 한 모금 빨아 토한다. 담배 맛이 일품이다. 계오린은 이렇게 맛있는 담배를 가지고 다니지는 않는다. 어쩌다 이렇게 한 모금 피우는 맛을 알고 있기 때문이다.

콧수염에 콧물처럼 포도주가 달린 채로 에바는 귀에다 대고 오린을 자극한다.

"계오린 선생, 오늘 저녁에 저 여자 어때? 내가 책임지겠소."

꽁초 낀 손을 들어 저쪽 코너를 가리킨다. 계오린은 깜짝 놀란다. 어떤 이와 이야기하고 있는 여인은 위라크라다.

'어디 있다 저 여자가 나타났어? 보이지 않았는데.'

움찔하는 계오린을 지켜본 에바는 색마의 제왕처럼 침을 튀긴다

"별로 마음에 들지 않으면 누구라도 말만 하시오. 내가 책임진다니까."

오린은 에바의 제안이 결코 농담이 아니라는 것을 안다. 그 사람에 대한 소문이 그러했다.

무소불위. 그들 팀에서는 알려진 일이라 누군가 말했다.

"좋아! 에바 대회장이 만들어 준다면야 지옥이라도 못 가겠어? 당신 주변에는 너무 아름다운 여성이 많아 좋겠다."

"물론 그렇지. 내 말은 다 잘 들으니까!"

"그 비법이 무엇인고?"

"힘이요 힘. 힘이라니까?"

"오! 대단하구만, 가만 있자 어느 여자를 부탁해야 할까?"

"누구든 가능해. 더블도……."

"그럼 여인을 선택하는 대로 알려주지."

계오린은 방으로 올라온다.

샤워를 하고 나니 피로가 몰려온다. 더블 침대의 한쪽 자리를 비워 두고 침대에 돌아간 계오린은 그대로 깊은 잠에 빠져 버린다. 그리고 단꿈을 꾼다.

새하얀 눈산에 하얀 눈집에 에리나가 엷고 부드러운 하얀 속옷을 입고 선녀처럼 춤을 추고 있다. 신기하게도 눈집의 촉감은 솜털같고 따뜻하다. 감성으로 춤을 추던 에리나가 계오린의 품속을 파고 들며 입맞춤을 퍼붓는다. 질세라 계오린은 그녀의 육체에서 나는 그녀의 냄새를 하나도 놓치지 않으려고 마음껏 퍼 담는다.

반복되는 동작은 점점 발전하여 상대를 점령해 간다. 눈사태가 날지도 모르는 능선을 타고 절정을 향하여 달려가는데 상상의 에델바이스가 흐드러지게 피어 있는 능선은 길게 이어지고 있다.

수만 마리의 하얀 나비 등을 타고 사뿐사뿐 날고 있다가 이번에는 스키를 타고 오른발 왼발 내저으며 쏜살같이 달리다가 드디어 절벽 아래 허공으로 떨어지는 것이 아닌가? 끊어질 듯 숨이 차다가도 울긋불긋 꽃 속으로 헤매 걷는 포근함을 느낀다.

사랑한다는 말을 수천 번 해도 거기에 미치지 못할 에리나의 절규가 화왕산 억새풀 타듯 계오린 가슴에 불꽃은 하늘로 치솟는다. 그러다가 설산 정상을 가로지른 외줄에 견우 직녀가 만나듯 계오린과 에리나는 마주오기 줄타기를 한다.

한 발 잘못 옮기면 수천 길 계곡, 능청 출렁출렁 능청 곡예를 하며 아슬아슬하게 다가서는 계오린과 에리나, 번쩍 섬광과 동시에 부딪힌 가슴은 한 덩이가 되어 눈보라 속으로 사라지는데 눈사태가 휘감아 흔적도 없이 사라져 간다. 계오린은 흔적도 없이 사라질 수는 없다 라고 외치며 몸부림을 치다가 문득 정신이 든다.

그러나 이것은 꿈이 아니라 현실이었음을 깨닫는 순간 에리나는 숨을 고르며 부드러운 입맞춤을 하고 있다. 진정 이게 꿈인가 생시인가?

계오린은 자기 허벅지 살을 꼬집어 본다.

분명한 것은 생시 현실이었다.

시계는 새벽 4시를 가리키고 있다.

아직도 두 사람은 열기를 식히느라 숨을 고르고 있다.

계오린과 에리나는 샤워를 하고 베란다 창문을 나선다.

하얀 간이 테이블에 의자가 나란히 놓여 있다. 테이블 옆에 두 평 정도의 공간이 있고 아령과 운동기구도 있다.

가슴을 활짝 열고 크게 숨을 마셨다. 또 마신다. 그리고 토하니 하늘을 나는 듯 상쾌하다.

두 사람은 알몸으로 샤워 타올만 걸치고 있다. 가벼운 아령을 들고 양팔 활개를 친다.

맞은편 스키장 눈산이 여명을 헤치고 쫓아오고 있다.

자연의 경치가 이렇게 아름다울 수가!

두 사람은 한 목소리로 감탄사를 내뿜는다.

신비스럽고 오묘한 이치가 자연 질서에 숨어 있다는 것을 사람들은 미처 그것을 문명이니 과학이니 부귀영화를 대항하는 권위와 위신으로 비켜가고 있는 것이 아니겠는가?

서서히 밝아오는 동녘, 눈부셔 영롱한 무지개 뿌리가 영넘어 이리로 솟고 있다. 찬란한 칠색의 공중 프리즘의 설산은 더더욱 신비롭고 아름답다.

오! 저 장엄하게 치솟는 불덩이. 음양이 화합한 대자연의 극치는 절정(클라이맥스)를 향하여 이글이글 탄다. 계오린과 에리나의 육체가 영혼을 얼싸안고 이글이글 타고 있다, 타 버린다.

아! 물안개가 태양을 가리는구나.

포이아나 브라소바에 알핀 호텔(poaina brasov alpin hotel) 로비 좌쪽에 있는 큰 레스토랑에는 아침을 먹는 투숙객이 붐비고 있다.

산뜻하고 싱그러운 향수 냄새를 은은하게 풍기며 계오린과 에리나는 산책로 코너에 앉는다. 그들은 우유와 토스트와 꿀 그리고 감자 옥수수조림으로 간단한 아침을 먹는다. 그윽한 커피잔을 비우고 카운터에 계산을 마치고 버스로 가고 있다.

까만 코트를 눌러 입은 위라크라와 그 남자는 계오린과 에리나의 일거수 일투족을 숨어 비디오 카메라로 잡고 있다. 커다란 검은 안경 밑으로 위라크라의 흑색 입술이 파르르 떨고 있다.

비록 안개가 짙어지면서 태양은 숨어 버렸지만 계오린과 에리나의 행복한 열기는 식지 않고 아직도 타고 있다.

창쪽에는 에리나, 안쪽은 계오린이 나란히 앉자 굽이치며 내려오는 차창 너머로 고풍에 속삭이는 모든 것들은 샅샅이 읽으며 음미한다. 한 시절 국제공산당의 치하에 지내 온 흔적이 뚜렷해지면서 유럽의 전통문물이 살아 숨쉬고 있다.

퇴역장군 같은 거대한 성당, 한때의 영화를 누렸던 돌바닥 광장이며 시가지 건물들이 처음 모습 그대로 아메리카 자본주의 그림자는 보이지 않지만 에바와 그들 손가락에서 타고 있는 양담배 냄새가 진동한다. 어찌나 태우는지 구수한 담배연기가 지겹다.

아직도 잠이 덜 깨어 세수도 못한 표정으로 투덜대는 에바의 짜증은 그들 일행들의 연대 기분으로 변한다.

터벅터벅 계오린에게 다가선 에바는 비꼬는 투로 인사를 한다.

"계오린 선생 맛있게 주무셨나요?"

"OK, 진정 맛있게."

계오린은 장군명군식으로 대답을 했다.

"행복해 보이는데요. 지천까지 가셨나 봅니다."

선망조로 알리가 감정을 감추지 못하고 노출하고 만다.

"진정 행복은 맛보았죠. 영원히 놓치고 싶지 않는 그런 행복."

그들은 한결같이 에리나를 노려본다. 그러나 창밖을 응시하는 에리나 시선은 결코 그들에게 주지 않는다.

가끔 한 방울씩 내리던 비가 이제는 초록 대지를 적시고 있다. 루마니아의 자연은 그대로 보존되어 있고 적시는 빗줄기에 더더욱 토속적인 정감이 간다.

현대 과학 문명에 아직 멍들지 않은 이곳에는 물질적 궁색과 일상의 불편함이 있겠지만 계오린은 옛 고향에 온 기분이다. 너무 행복하다. 돌아가는 지구를 정지시킬 수만 있다면 이 순간이 바로 그 시간이라 생각한다.

마음 속으로는 대자연 순환의 브레이크를 지금 힘차게 밟겠다.

이 이상 무엇을 바라리.

에리나는 당연히 오린의 무게에 가슴이 답답할 테지만 그 고통을 그녀는 지금 느끼지 못한다.

에리나는 계오린의 머리를 감싸며 그 자신도 단꿈을 꾼다. 그 시간은 20분도 채 안 되었다. 몸을 바로 세우고 빤히 에리나를 바라보는 계오린의 눈은 촉촉이 젖어 있다. 한 순간 두 사람의 눈동자는 마주 본 채 움직이지 않는다.

가늘고 토실한 에리나의 손가락은 계오린의 눈시울을 닦으면서 속삭인다.

"잘 주무셨어요? 저도 따라 단잠을 잤습니다. 아주 짧은 순간."

"덕분에 아주 단잠을 잤어, 행복하게."

"행복하게 주무셨다면서 눈시울은 왜 젖었어요? 무슨 생각했어요?"

"오, 콘스탄틴 비르길 게오르규 생각을 했어."

에리나는 그저 생리적으로 눈시울이 젖었나 했는데 게오린이 〈25시〉 소설을 창작 프랑스어로 발표한 신부 게오르규를 생각했다는 말에 이상한 마력을 느꼈다

그에 대한 무엇을 생각했길래 눈시울이 젖었을까? 매우 궁금했다.

"그의 소설 〈25시〉는 노벨 문학상을 탄 것도 원인이 되겠지만 한국어로 번역되었기에 한국 독자에게도 많이 읽히게 되었죠. 게오르규 그가 루마니아 몰다비아 지방의 작은 산마을에서 가난한 성직자의 아들로 태어났고 그의 어머니는 그에게는 아름다움에 대한 애정과 그 성을 포용하는 감정을 행동실천으로 가르쳤으며 그의 아버지 사랑은 인간에 대한 신뢰와 존엄성을 최우선으로 하는 신앙심을 배웠다고 했지요. 그가 성장하던 시절 게오르규의 조국 루마니아는 오랜 기간동안 터키의 지배에서 겨우 벗어나 독립은 했으나 소수의 지배계급에 의해 착취와 억압을 받으면서 국민들 대다수가 지독한 가난과 궁핍에서 고생하는 것을 그는 지켜보면서 불행한 조국 국민이 하루 속히 사슬에서 벗어나는 길만이

자유권리를 되찾는 지름길이었으므로 이러한 인간성 회복에 초점을 맞추고 몸바쳐 헌신한 게오르규의 사상이 집대성한 서책들이 〈가죽 채찍〉〈카랄렉사의 학살〉 그리고 게오르규를 작가로서 성공시켜 준 〈25시〉가 있지요."

"그래요, 선생님은 루마니아인인 저보다 더 많은 것을 알고 계시군요."

"별 말씀, 게오르규가 노벨상을 받은 후 한국을 찾아 온 일이 있는데 그때 한국에서 문학 강연도 한 일이 있습니다."

"그러셨군요. 저는 한국인에게 그렇게 알려진 사실을 몰랐습니다. 부끄럽습니다. 〈25시〉 역시 프랑스어로 발표되었기 때문에 그의 조국인 루마니아에서는 그의 명성을 모르는 분이 많습니다."

에리나는 고개를 숙였다. 무언가 한참 생각하다가 창밖을 바라보며 말한다.

"그는 사상가였나요?"

에리나는 남의 나라 사람인 양 반문한다.

계오린은 아직 에리나가 〈25시〉 또는 그의 작품을 탐독한 적이 없음을 알 수 있었다.

그러나 그녀의 솔직한 되물음은 얼마나 정직하고 순결할까 싶은 생각이 들었다.

"물론, 창작을 하는 분이니까 사상가라 할 수도 있겠지요. 그러나 조국을 사랑하는 애국자 뭐 그렇게 말할 수 있겠죠."

"아니, 제 이야긴요. 예술가와 사상가 어느 쪽인가 물었습니다."

"작가는 그의 예술을 향한 열정과 혼만은 어느 누구보다 더 깊고 강렬한 삶을 살지요. 사상가도 자기의 사상을 세상에 접목시키기 위하여 미치광이가 되지요. 따지고 보면 서로 그 마음 속에 함께 자리하고 있을 겁니다.

게오르규의 작품세계를 대변할 수는 없겠지만 이론 맺음을 하고 있습니다."

〈……사진기 렌즈는 요한 모리츠 가족과 그를 향해 돌려졌다. 모리츠는 엘리오노라 베스트를 바라보며 그가 살아온 수 백 킬로의 철조망을 떠올렸고 그 철조망이 지금도 그의 몸둥이를 칭칭 감고 있는 것처럼 착각에 빠져 있었다……. 이것이 1938년부터 오늘까지 지내온 길 수용소 수용소 수용소 수용소에서만 만 13년.

"웃어요!"

루이스가 말했다.

요한 모리츠는 루이스가 자기에게 무슨 말을 하고 있다는 눈치를 채고는 로라에게 물었다.

"저 미국인이 뭐라고 하지요?"

"당신보고 웃으라고 명령하고 있어요."

모리츠는 탁자 위에 놓친 트라이안의 안경을 바라보면서 철조망 옆에서 쓰러져 죽은 트라이안의 모습이 영악스럽게 보이고 수용소를 에워싼 수백 킬로의 철조망이 환상으로 보인다. 이것이 마지막인가 싶은 생각도 들지만, 이젠 더 이상 갈 수도 없는 것 아니냐 싶어 생각했다.

　미국인 장교는 또 다시 모리츠를 주사하며 명령했다. 웃어! 웃어! 그리고 그대로 있어!……〉

"이렇게 그의 창작은 피상적 억압의 감성을 항변하는 자존의 열망이 번득이고 있다 하겠지요."

　"항변하는 자존의 열망 그게 무엇입니까?"

　"그에게 자존의 열망은 그 자신의 조국에 대한 사랑이지요. 루마니아는 일찍이 카톨릭 영향권에서 문화의 꽃을 피웁니다. 지금도 전국에 산재해 있는 카톨릭 고위 성직자(Monignor)의 유적과 풍습을 표현한 벽화에서 역력히 읽을 수가 있지 않습니까? 지배 계급의 상징인 성(Castle)주의 생활 문화에서도 엿볼 수 있지요. 그러다가 한때 터키의 지배를 받지요. 신화와 성서의 무대, 이슬람의 숨쉬는 땅 아나톨리아 문화의 영향이 미치면서 근대에 이르러 국제공산당 이데올로기의 러시아 지배권에 들어갑니다. 사실 지형학적으로는 러시아에 가깝지만 전 유럽에 뻗쳐 있는 미국의 위력을 피할 수는 없지요. 지금 지구상에 유일한 분단국가로 고통을 받고 있는 이전 조선땅(corea)처럼 루마니아도 미 · 소 양진영 사이에 놓인 약소민족의 고난과 운명을 겪어야 했지요. 1940년경 세계 제1차 대전에 대한 엄청난 살상의 참화를 지켜보면서 루마니아인이 당한 고통의 굴레와 인간의 잔학성, 비인간성을 게오르규는 문학작품을 통하여 세상에 고발했고 많은 세상 사람들이 공감했던 것이지요. 그래서 그의 예술적 표현 능력 속에 그의 사상은 사회에 영향을 끼치게 됐지요."

열심히 경청을 하고 있던 에리나는 오린을 쳐다보며 애틋한 미소를 지었다.

"선생님은 루마니아인 같고 저는 다른 나라 사람 같은 그런 느낌이 들어요."

"그럼 우린 비슷한 처지구만."

어깨 너머로 오린과 에리나의 대화를 엿듣고 있던 에바와 니나 비서팀들은 에바의 불거진 소리에 공감을 합장이라도 하듯 한 마디씩 같은 이야기를 한다.

"그렇다고 봐야지. 세계 열강들의 갈등에 시달려온 경력이 비슷하지는 않지만 침해를 당한 것은 같다고 봐야지."

"하이(hi)! 프레지덴트(president) 계오린! 우리나라는 정체성이 분명하다고 말할 수 있어요. 내가 교수로서 말하자면 우리나라는 전통유적이 전쟁참화로 파괴된 것이 없습니다. 우리는 지켜왔어요. 비록 헐었지만."

에바는 계오린이 하는 이야기에 스스로의 자존심에 상처를 내었는지 입가에 거품을 내면서 흥분을 하고 있다.

"나는 동양의 위대한 시인 당신을 무식하다고 생각해 본 일이 없어. 다만 그 많은 여자들을 주무르면서 왜 나에게는 배당이 없느냐 그런 말이요, 알겠소?"

건달기가 짙은 에바의 일행은 계오린의 말을 농담인지 진담인지 당황하는 눈치다.

차창 밖에는 언제부터인가 비가 주루룩 내리고 있다. 빗줄기 속으로 보이는 루마니아의 농촌풍경은 〈25시〉 소설에서 나오는 풍경 그대로다. 그가 사용한 어구나 절, 또는 표현한 묘사의 내면을 보는 듯 낡고 헐은 구조물들은 집이라기보다 농장의 공구 창고같이 보였다. 거기에다 밀대나 통나무 장작을 차곡차곡 땔감을 쌓둔 것이 먼 옛날을 되돌아온 듯 묘하게 가슴이 울렁거린다.

잠깐 비 오는 창밖을 내다보고 있는 계오린을 지켜보던 에바 일행은 이곳은 도시와 너무 먼 곳의 빈촌이라며 다른 곳에는 시설이 잘 되어 있는 아름다운 자연 마을이 많다고 역설한다. 또 역사와 전통을 자랑하는 고성도 많다며 큰소리를 친다.

계오린은 그동안 여행 방문을 통하여 앞서 말한 바와 같이 루마니아의 오늘을 잘 알고 있기에 그들이 설명하는 현상에는 별 관심이 없었지만 건장하고 우람한 세 명의 남자들과 미인들의 정체가 사뭇 궁금하다.

때마침 그들은 계오린에게 손을 내밀며 인사를 청해 온다.

"안녕하세요, 나는 야사(Iasi)시립대에 있는 영문학 교수입니다."

"반갑습니다. 나는 시창작을 하는 계오린이라 합니다."

"동양에서 오셨지요?"

"예, 한국사람(Corean)입니다."

"난 빌이라 부릅니다. 크라크와 같은 대학에 있지요. 영문학 박사입니다."

"만나서 반갑습니다."

"난, 리라라고 합니다. 빌과 같은 대학에 있지요. 철학박사 학위를 가지고 있지요. 철학 강의를 하고 있습니다."

"이렇게 고명한 분들을 만나게 되어서 행운입니다."

"Corea 한국에서 오셨다구요? 저 여자가 그대를 노리고 있던데요. 굉장히 멋진 여자예요."

"저 여자라니요?"

계오린은 갑자기 퉁명스럽게 충격을 주는 크라크 말에 본능적으로 옆에 있는 에리나를 쳐다본다. 에리나도 계오린과 같은 반응이다.

"저 운전석 옆에 앉아 있는 저 여자 말입니다."

그 여자는 위라크라였다. 계오린은 약간 충격적이었다.

"저 여자를 잘 아는 사이인가요?"

"물론, 잘 알지요. 아주 가깝게 아니 서로 끝내주는⋯⋯."

크라크의 의기양양한 자랑에 리라가 쐐기를 박는다.

"알기는 무얼 잘 알아? 어젯밤 한방에 같이 있었어요. 네 사람이 같이 잤다니까요."

"넷은 무슨 넷이야, 다섯이지, 에바는 제끼는 거야. 대가리 숫자에서!"

에바까지 계오린과 에리나는 정말 충격이었다. 니나가 야릇한 미소를 지으며 보통이란 듯 어깨를 으쓱 올린다.

계오린은 위라크라의 정체를 알 수가 없다. 네덜란드 스키폴과 꼬레아 인천을 왕래하는 스카이라인에서 자연 이변의 폭풍으로 사선까지 함께 갔던 스튜어디스로 만나 줄곧 여기까지 오면서 계오린을 유혹하고 있는 신비스럽게 아름다운 여자, 수시로 낯선 남자를 만나며 사교하는 여자, 늘씬한 몸매와 쾌활한 미모, 도대체 그녀는 누구일까? 계오린은 철두철미하게 경계를 할수록 신비스런 매력이 휘감아 오고 있음을 스스로 안다.

에바가 노랗게 니코친에 절은 손가락 사이 쏜살같이 타들어가는 켄트 담배 가치를 힘껏 빨았다가 단숨에 내뱉는다. 차안에는 담배 연기가 숨통을 조이고 또 조이고 있다.

기침을 하면서 그 틈 사이 지껄이는 에바의 열성은 여지없이 드러나고 있다.

"쌍 말야, 저희들이 다 무언데, 노벨 평화상, 별것 아니야, 따지고 보면 나를 알아주는 사람이 최고야. 분명히 이번 대회에서는 계오린 계관시인이 위대했어요. 전야제부터 일거수 일동작이 비범하였고 조용하게 풍기는 시인의 품성은 5일간의 대회를 통해 압도적이었어요. 이번 대회에 누구보다 위대하였습니다. 냉정한 이성과 온후한 인간애로 시종 변함없이 분위기를 압도하였죠. 루마니아 시인대회 개최자로서 심심한 감사를 드립니다. 존경합니다."

에바는 계오린에게 과분한 칭찬을 늘어놓고 지쳤는지 깡맥주를 마시고 있다. 깡통 하나를 다 마셨는지 우악스런 손아귀로 접어 아무렇게나 팽개친다. 우거지상으로 찌그러진 깡통이 계오린의 발 앞에서 뒹군다.

"빌어먹을, 내년에도 부크레시티에서 내가 열어야지, 아주 멋지게. 계관시인님은 꼭 오셔야 합니다. 정말로 시선입니다. 처음에 잘 몰라 뵈온 점 용서하십시오."

그는 어디서 또 포도주를 들고 와 권한다. 종횡무진으로 네로황제처럼 예의가 없는 것이 큰 탈이지, 손님대접을 하려는 노력은 대단하다. 거기에다 계오린이 좋아하는 백포도주는 계속 공급된다.

'친구 따라 강남 가고 술이 좋아 시를 쓰는가.'

계오린의 머릿속엔 한 편의 시를 위한 영감이 쏜살같이 지나가는 것을 계오린은 빨리 메모를 해야 하는데 에바가 권하는 술잔에 놓치고 만다. 상대방 눈치를 좀 살펴주면 좋으련만…….

"이봐요, 대회장 에바! 상대방이 시인이란 것 알고 있소?"

"무슨 말씀을요, 유일하게 위대한 시선을 몰라보다니요, 천부

당 만부당합니다. 존경합니다. 어느 시절 계관시인님을 다시 모실 수가 있겠습니까? 우리 아이들에게 어떤 서비스도 아낌없이 드리라고 당부했고 라틴 여류들이 계관시인님을 탐하기에 같은 부탁을 했습니다."

그가 계오린의 짜증을 알 리가 없다. 자기 생각에 도취되고 있기에 그 습관은 좀처럼 수정하기는 어려운 일 같다.

한 잔 술이 식도로 내려가면서 짜릿한 짙은 향이 가슴을 자극하는 순간 섬광처럼 번득이는 영감이 달아나고 있다.

잔을 팽개치고 펜을 잡았어야 하는데 그만 놓치고 말았다. 좀처럼 회상이 되지 않는다. 될 듯 될 듯하다 꼬리마저 감추고 만다.

안타까워 죽겠지만 아무 소용이 없다.

에리나와 위라크라의 교차점에서 만난 사나이의 정체가 백혈귀였는데 남자의 모든 것을 빼앗아 가는 백혈귀, 그 백혈귀의 모티브를 번번이 놓치고 만다.

스치는 산기슭이나 길가에 전형적인 유럽의 늙은 집들이 쏜살같이 지나간다.

어디고 붐비는 곳은 없고 한적한 기분이 들다가도 버스 안에는 시끌벅적 하는 소란 때문에 계오린의 시상은 꽃피지 못하고 달아나 버린다. 참으로 안타까운 일이다.

계오린은 게오르규의 작품 속에 내재되어 있는 그의 문학적 사상과 성직자의 수행에서 묻어나는 인류애를 자연, 즉 그가 보는

자연과 계오린이 보는 루마니아의 자연과의 교감을 합일한 시의
영감은 수시로 나타났지만 아직 그 실체의 심장을 관통하지 못하
고 겉돌고 있었다.

눈꽃이 만발한 먼 산
우뚝 솟은 정상에는 하늘이 내려와 있다.
알프스와 신명으로 만나듯
분홍빛 신기루 춤사위가
선녀의 치맛자락으로 일렁이고
억새의 깊고 깊은 계곡 따라
맑고 맑아 깨끗한 소리가
승천할 구천으로
영원을 노래하고 있다
끊어진 숨이 다시 이어지는
떨어지는 처량한 소리에 놀라
벼랑 끝 매달린 물방울 지키노라니
영롱한 무지개 뿌리가
번개처럼 사라지고
촌음에 세상 언저리에는
천파만파 수면을 깨뜨리는
파문이 일다.

V. 드라큘라 성

2002. 11. 4. 루마니아 부래소브(Brasov)의 저녁은 맑고 깨끗
했다.

한 줄기 소나기가 지나간 후라 노랗게 물든 나뭇잎이 연둣빛 새
싹처럼 싱그럽고 아름답다. 가로등은 샛별처럼 빛나고 네온은 정
염의 눈빛처럼 현란하게 춤춘다.

계오린 일행은 계란빛 일색으로 단장한 산뜻한 방에 들어선다.
백 평 정도의 작은 홀에는 형광 빛 백색의 테이블에 은도금 식사
도구들이 가지런히 정돈되어 있다.

거울보다 더욱 선명한 그랜드 피아노 뚜껑은 45도 대각선을 이
루고 일행들의 그림자가 활동사진처럼 움직이고 있다. 이동식 연
설대 위에 마이크가 불빛에 반짝거리고 하얀 두루마기를 차려 입
은 계오린의 모습은 계오린 자신 그대로 반사되었다.

이번 대회의 마지막 연설장이었다.

중앙에 로즈마리 회장과 모한 부회장 부부는 은잔에 한 모금 물

을 마시고 피로한 긴장을 풀면서 계오린의 연설을 기대하고 있다.

젊고 예쁜 시절에 시에 심취했고 1980년 세계시인대회 (WCP/WAAC)를 개최하면서 깊숙이 시심(詩心)에 빠져 버린 그는 이 대회의 사무총장 직책을 수행하면서 아카데미 시인대회가 그의 운명처럼 되어 버렸다. 1995년 대북대회에서 틴웬첸(Tin Wen Chen) 회장에 이어 회장직을 수임한 그는 소위 민주주의라는 황금만능의 자본주의 꽃이 활짝 피었지만 정작 시인들에게는 돈이 없다.

WCP/WAAC본부 운영자금의 조달은 너무 어렵다. 그래서 그는 퇴직금 등 사비를 다 털고서도 조달이 어려워 대회 행사마다 울먹이는 연설을 해왔다. 정말로 산업 자본주의가 발달한 나라일수록 육체적 향락 산업과 색정 산업은 끝이 안 보이게 번창하는 반면에 정신문화인 시문학을 외면하고 배척하는 경향 때문에 최소한의 우편비가 어려웠다,

참석한 시인들은 이러한 현실을 알고 있으면서도 그 개인과 자국의 문화 정책 실정이 비슷한지라 도움은커녕 달리 대책을 세울 수가 없었다.

로즈마리 회장과 자리를 마주한 모 한 부회장도, 그리고 대부분의 임원들도 사정은 같았으니 안타까운 노릇이 아닐 수 없었다.

이제 이 밤이 지나면 다시 2003년의 본부 운영을 어떻게 해 나가야 할 것인지 초조한 심정을 털어버리고 그래도 기대되는 계오

린의 특별한 연설이 있었으면 하는 기대를 했는지도 모를 일이다.

　나름대로 어려운 사정에 최선의 손님 대접을 하느라 혼신을 다하고 있는 에바나 루마니아 임원들이 WCP/WAAC의 본부 걱정을 짐작하는 데는 무리일 것이다. 더구나 시심이나 시선을 삼키는 권위를 앞세우는 학자풍의 크라크, 빌, 리타 교수의 마음 속에는 여백도 없을 것이다.

　인도 클럽, 일본 클럽, 멕시코 클럽 등등 시인들도 숨을 죽이고 있었고 계오린과 테이블을 같이 한 빌, 크라크, 리타 교수 그들과 한밤을 지새웠다는 요염한 위라크라는 무언가 귓속말을 주고받으면서 낄낄거리고 있다.

　참으로 찬란한 밤이었다. 이 찬란한 밤에 계오린은 무슨 주제로 연설을 해야 할지 자신도 알 수가 없었다. 사전에 준비를 안한 것은 아니지만 준비한 연설을 하기엔 영혼이 지쳐 있었다.

　계오린은 예정에 없는 말이 튀어 나왔다.

　"나는 폭풍우로 죽음의 순간을 극복하고 비행기 내에 구치되었다가 구사일생으로 살아 나왔으나 부크레시티행 비행기가 없어 세계 제일의 환락가 암스테르담에서 밤을 지새웠습니다. 환상의 에스코트 걸 '스테파니'의 요염한 육체에 반해 세계적인 라이브 쇼 '카사로소'에 들렀지요. 명성에 걸맞게 남근의 쇼장을 방불케 하는 섹스존, 섹스샵, 라이브샵, 포르노극장, 피핑하우스, 섹스박물관을 돌아왔는데 굉장했습니다. 돈이 무엇인지 이렇게 섹스산업을 번창시킨 정책 이면에는 마리화나 등 마약류도 공공연히 이용되고 있다고 하니 궁극적 목적이 무엇이며 궁극적 결과를 예측하면 느끼하다고나 할까요, 선뜻 동의가 되지 않는다 그런 말입니다. 살아있는 인간으로서 현란한 환락풍경에 쉽게 동화하지 못하는 이유는 동방의 예의 바른 나라의 자존심에서 그런 것은 절대 아닙니다. 왜냐하면 이미 한국의 뮤직쇼는 옛말이 되었고 "이느낌 아무도 모를 거야 이 특별한 느낌, 묻지 마! 진짜 끝내줘요, 낯선 색다른 경험, '이 느낌 매일 잘 나가는 00콜, 만나봐 5명 동시 최신 시스템' 온갖 상상의 유혹이 난무하는 신문지상 쇼가 가랑잎처럼 거리를 메우고 있습니다. 전단이 휩쓸려 돌아가듯 미쳐가는 예의지국. 이제는 출산율 최하 세계1위로 추락한 암담한 섹스국에서 저는 왔기 때문일 것입니다. 그래도 정신문화의 자존심을 내보이던 세계 속 예의지국이 기회주의 지식인의 잘못된 자위적인 교육방송 선전 때문에 막다른 골목으로 추락하는 일등국이 되었다는 현실 앞에 할 말이 없습니다만, '나는 누구인가, 시는 어떻게 생겨서 무엇에 소용되어져 왔는가? 시인대회는 왜 열리면서 만나는가? 무엇을 시인이라 하는가?' 등등 의문에 의문의 답을 찾아 헤매지 않을 수 없는 것입니다."

약간 고개를 갸우뚱하던 회장 테이블에서는 다소 안도의 숨을 쉬는지 물컵을 기울이고 있었고 위라크라 테이블에서는 다소 흥분한 듯 떠드는 소리가 들렸다.

"만약에 내가 암스테르담에서 유람선을 타고 유럽 미녀와 섹스를 탐닉하고 라이브극장 〈카사로소〉 앞에서 기념촬영을 끝내기까지 가진 돈을 탕진하고 빈털터리로 시인대회에 참석, 본부 간부 회원으로서 우편회비도 내지 않겠다면 더 이상 국제소식지는 배달되지 않을 것입니다. 세계 속의 국제 임원들이 소정의 회비라도 내지 않으면 그나마 기능이 정지될 위기를 회장은 자비로 극복하고 있음을 호소하고 있습니다. 이처럼 돈 많은 자본주의 세계에서 한 순간의 환락 비용도 되지 않는 운영비가 조달이 되지 않는다는 현실은 육체 제일주의 환락산업에 정신문화가 죽어가고 있다는 반증인 것입니다.

내가 활동하고 있는 한국에서는 천평이 넘는 룸싸롱에 아가씨가 300명 이상 되는 업소만 해도 상당수 성업중이며 천 달러만 주면 마사지로 시작하여 등골 세탁까지 해주는 곳에 상아탑에서 배우는 학생까지 출입한다는 웃지 못할 뉴스가 지상에 발표되고 있는데 이렇게 멋진 세상에 나만 바보처럼 살고 있는가 싶어 루마니아에서 멋진 밤을 보내고 싶습니다."

"same… me too…."

멕시코 여류 테이블에서 환성이 터지자 이곳 저곳에서 휘파람 괴성이 터진다. 계오린은 양손을 번쩍 들어 화답을 하고 연설을 잇는다.

"The World Poets!."

'위, 아' 하는 환성과 호기심 어린 눈빛으로 계오린을 주시하는 군중.

  "갑시다, 드라큐라 성으로, 나를 따르시오. '카사로소' 보다도 서울의 그곳보다도 아니 세계 어느 곳보다도 스릴 있고 잔인한 사랑의 명소 흡혈귀로 성패를 건 드라큐라 성을 아시나요? 바로 이 도시 근교에 있습니다."

  시인은 죽고 없어도
  시는 범람하는 세상
  시의 품 속에서 하품이라도 할라치면
  위대한 시인으로 떠받쳐 들고
  돈 떨어지면 쓰레기가 된다

  정신은 죽고 없어도
  육체는 환락가에 범람하는 세상
  몸뚱아리 사치에 모든 것 탕진하면
  병들은 영육이 널브러져
  악마를 살찌운다.

  내 스스로 시인이라 말하기 전에
  오늘은 시험대에 서보련다.

아직도 자연이 살아 숨쉬는

사랑의 미로 드라큐라 성

저기 유혹의 불빛이 보인다.

계오린이 박수소리에 묻혀 단상을 내려올 때 루마니아의 애조곡 〈니콜레풀듀인규〉의 노래가 홀을 메운다. 이미 채워진 하얀 포도주잔은 쟁그랑 소리를 내며 건배는 진행되어 주량의 시험을 하고 있다.

에바는 테이블을 돌면서 마지막 술잔을 채우기에 정신이 없다.

"very good, very nice!"

함께 한 마지막 밤이 아쉬운지 숙소로 시인들은 쉽게 떠나지 않는다. 밖에는 초겨울 비가 초록초록 내리고 있다.

계오린과 포도주잔을 부딪히며 건배를 청한 위라크라는 의미심장한 미소를 짓다가 파아랗게 입술을 깨물면서 천정으로 시선을 옮긴다. 크라크와 빌, 그리고 리타는 위라크라와 함께 수작을 하고 있다.

계오린은 도무지 그들의 신분을 알 수가 없어 마음을 열지 못하지만 술이 취해 오자 생각나는 대로 이야기를 한다. 에바는 양손에 포도주 병을 들고 끝까지 바쁘다. 니나는 연신 담배를 피워 물고 연기를 빨아본다. 에리나는 조심스레 계오린에게 접근하면서 무슨 일이 일어날 것만 같은 불안감을 감추지 못하고 술을 천천히 들 것을 권한다.

"선생님 취하시겠어요, 조금씩 드십시오."

에바가 은술잔에 포도주를 가득 채우면 단숨에 마셔 버리는 계오린은 무슨 자랑처럼 술잔을 비운다. 백포도주의 향기는 색마처럼 당긴다. 마셔도 마셔도 당기는 백포도주는 마실수록 당긴다.

"이렇게 좋은 술을 조금씩 마시라니요."

"백포도주를 너무 많이 마시면 여색을 즐기는 것처럼 술이 깬 후에 탈진합니다. 조심하셔야지요."

"여색을 즐기는 것처럼, 에리나 씨 많이 연구하셨습니다. 정말 그런가요?"

"저의 아저씨가 그렇게 백포도주만 과음하셨거든요. 저도 일부러 시험해 보았는데 역시 그런 것 같아서요."

"그럼 여색? 아니 아니 알겠어요. 에리나 씨의 이야길 믿습니다. 내가 루마니아내에서 가장 신뢰가 가는 사람이니까요."

에리나는 얼굴이 홍당무가 되었다.

어디선가 〈베사메무쵸〉 노래가 흘러 퍼진다. 어느 사이 홀은 음악으로 가득했다. 역시나 이번 대회의 여흥은 멕시코 여류들이 리드하고 있다.

누가 건반을 치는가? 아무튼 재주꾼은 여러모로 화음을 이루어 구색이 맞아갔다. 로즈마리 회장도 모한 부회장도 모두 손에 손 잡고 끝나는 밤을 아쉽게 보내고 있다.

남의 나라 언어는 각자 서툴러서 더듬거리지만 그 속에 담긴 마음은 자기 나라 사람보다 더욱 쉽게 더욱 진솔하게 전달되는 까닭은 무엇일까? 양심의 자유를 갈구하는 그리고 누리는 사람들끼리이기 때문일 것이다.

　이해관계의 업무도 아니고 서로 잘 나고 못난 위상의 관계도 아니고 그저 만나면 반갑고 헤어지면 서운한 인간 본성의 내면이 같은 사람들끼리이기 때문일 것이다. 솔직히 내국인끼리 이렇게 술에 취하면 누군가가 꼭 싸움질을 하고 유종의 미를 거두지 못하는 것이 통례다. 그러나 세계 무대에 나와서는 그런 일이 전혀 일어나지 않는다. 계오린은 그래서 국내에서는 가려 조심하지만 외국에 나가면 진정한 양심의 자유를 누린다고 믿는다. 오늘 같은 날은 아름답고 성숙한 에리나가 옆에서 걱정을 해주고 있으니 기가 나서 술맛이 더욱 일품이다.

　"에바, 고맙소. 끝내 나를 취하게 포도주를 준비해줘서……."

　"계오린 선생님 최고야. 내년에도 루마니아 부크레시티에서 꼭 이 대회를 개최할 테니 오셔야 합니다."

　계오린은 취중에서도 에바가 국제관행을 몰라도 한참 모른다 생각하면서 그의 감정을 건드리지 않으려고 애쓴다.

　"그래 좋아요. 내년에 어디서든 만나요. 동양은 포도주가 비싸므로 꼭 한 배 싣고 오라구."

　"물론입니다. 여부가 있겠습니까? 오린 시인님께서 명령이 계셨는데……."

"좋아, 좋아, 우리는 좋은 술친구야."

"애개 술친구밖에 아니 됩니까?"

에바는 취한 듯 흐리고 다니는 것은 버릇인 듯하다. 아직도 정신이 멀쩡하다.

"아— 아니야 아니야. 내가 실수했어. 우린 시인 동호인이지."

"예 맞습니다. 시를 창작하는 시인이 맞습니다."

"그런데 말씀이야. 내가 내 자신한테 시인이냐 물을 때가 있어. 이 나이에도 자신이 진정한 시인인지 시가인지 헷갈릴 때가 있단 말씀이야."

"그럼요, 진정한 시인이지요. 저는 선생님보다 교수에 가까울 것입니다."

"그건 에바 말이 맞아. 암, 학문을 하니까 학자에 더 가깝지. 시인은 말이야, 시에 미쳐 버린 사람이기 때문에 직접 가르치는 데는 문제가 있지. 차라리 그 사람 시심을 탐미해서 닮아 갈 수는 있지만 한 수 배우는 것은 실천하는 행동이야."

"맞아."

"오늘 저는 오린 시인님께서 소중한 진리를 깨우쳐 줍니다. 시인과 시가는 다르지요. 분명히 다른 것 같습니다. 솔직히 저 교수 입장에서 제자들에게 무엇이 다른가 라고 하였습니다마는 오늘 분명히 다르다는 것을 알았습니다."

"에바 교수 내가 취해 조금 지나쳤나?"

"아니올시다. 이제 양심에 자유가 무엇인지 알 것 같습니다. 솔직히 말씀드려 처음부터 오린 시인님이 '양심에 자유, 양심에 자유' 하니까 그게 무엇을 뜻하는지 미처 깨닫지 못했습니다. 이데올로기에 얽매여 살아온 관습에 양심의 자유는 어떻게 생긴 것이고 행동의 자유는 무엇인지 구별할 분별력을 요하지 아니 했기 때문에 깊이 생각해 본 일이 없지요."

"아 참 맞아, 루마니아는 구소련의 영향권에서 수십년을 보냈지. 그랬군. 분단된 나의 조국과 비슷한 데가 있어. 그러고 보니 일찍이 루마니아가 이렇게 자연풍광이 아름다운데도 세상에 널리 알려지지 않았어."

"그렇습니다. 감사합니다."

계오린은 한국 인천공항에서 출발하기 전에는 처음 밟아 보는 루마니아 땅이 이렇게 아름다우리란 생각을 못했다. 어쩌면 에리나 여인 때문에 더욱 아름답게 느껴지리라. 자위해 보지만 그동안 거쳐온 곳을 보면 자연 풍광이 아름다운 나라인 것만은 사실이다.

"정말 감사합니다. 그런 의미로 루마니아 사랑을 또 한 잔 받으시지요?"

"좋아, 좋아. 백포도주는 언제나 좋단 말이야. 비행기내에서도 레드는 안 마셔."

"그렇습니까? 한 병 가방에 넣어 드리겠습니다."

"그런데 말이야. 왜 에바 친구. 크라크와 빌, 그리고 리타 교수는 모두 친한 친구인가?"

"아니요. 친구는 아닙니다."

"그럼 동료 교수들의……?"

"아니올시다. 잘 모르는 분들입니다."

계오린은 술이 깨는 듯 정신이 번쩍 들었다.

"에바가 소개할 때 친구라 하지 않았는가? 그리고 저전날 밤은 위라크라와 한 방에서 잤다고 했잖는가?"

"친구라 소개한 것은 실수였습니다. 술 마시다 한 방에서 잠자리를 같이한 것은 사실입니다."

"그래요. 그럼. 위라크라도 친구인가? 구면이 아니었던가?"

"위라크라는 부크레시티에서 오린 시인과 같이 오시지 않았습니까?"

계오린은 점점 미궁으로 빠지는 기분이었다. 잔에 가득찬 포도주를 단숨에 비우고 한 잔을 다시 채우라고 했다.

"위라크라는 조직위원회 집행부에서 일하는 것을 보았는데?"

"예, 오린 시인을 모시고 왔다면서 도와주겠다고 자원했지요."

"그래요. 잘 했소 잘 했어."

계오린은 위라크라가 누구인지 에바에게 확인하는 것은 무리임을 직감한다. 모두가 루마니아인은 틀림없는데 이상한 사람들이라 생각되었다. 결국 그들이 대회장 엘바와 친한 친구들인 줄로만 알고 있던 계오린에게는 충격이 아닐 수 없다.

특히나 그동안 위라크라가 계오린에게 노골적으로 접근했다는 점과 에바가 부크레시티에서 계오린 자신과 함께 왔다고 거짓말한 점이 이해되지 않았다.

스키폴 공항에 폭풍우로 인한 위급사항 이전에 그녀는 스튜어디스로 동승했고 줄곧 사건과 연결되면서 계오린 곁에 있는 셈이 되는데 그녀의 정체가 이상하지만 공연히 깊이 생각하는 것 아닌가 하는 생각이 들었다.

"그래요. 술병 이리로 주어요. 내가 한 잔 따를게. 정말 고생했소. 해보지 않으면 잘 모르거든."

"예, 감사합니다."

"어, 저기서 찾아요. 어서 가보시오, 에바."

"회장 에바 에바."

멕시코 여류들이 에바를 찾고 있다.

어느 사이 많은 시인들이 숙소로 가고 있다. 로즈마리 회장과 모한 부회장은 손을 들어 보이며 숙소로 앞서가고 있다.

"선생님 가시지요?"

에리나가 계오린의 팔짱을 끼며 조금 강한 어조로 이끌었다.

"그래요, 갑시다. 미안해요."

"선생님은 취하시려면 아직 더 마셔야 한다고 생각하시겠지만 내일 일을 생각해서 이만 쉬셔야 합니다."

"그래, 알았어요."

계오린과 에리나가 홀문을 나서려 하자 위라크라가 막아서면서 강압스런 주문을 한다.

"계오린 선생님은 제가 방까지 모시고 갈 것입니다. 이리 비켜 서요."

그때 오린은 지금도 선정적이고 요염한 위라크라를 향해 단호히 말한다.

"나, 에리나와 할 이야기가 있어요. 내일 만나요. 내일."

"내가 모셔다 드린다니까요. 꼭 저하고 같이 가셔야 해요."

"아니야, 에리나와 할 일이 있다고 했소. 이리 비키시오."

할 수 없다는 듯 위라크라는 비켜 서면서 힘주어 강조한다.

"그럼 내일 드라큐라 성에서 만나요. 드라큐라 성입니다. 아셨죠?"

"알았다니까."

호텔 방문을 들어선 계오린은 긴장을 풀어서인지 갑자기 취기가 몰려온다.

상의를 풀어가면서 에리나는 애원하듯 말했다.

"내일 드라큐라 성에는 가지 마세요. 부탁입니다."

"여기까지 왔는데 구경하고 가야지."

"별 것 아니에요. 가시지 마세요. 꼭 가보고 싶으면 저하고 같이 행동하세요. 혼자 행동하시면 안 됩니다."

"알았어요. 그렇게 합시다."

계오린은 피로가 한 번에 몰려오면서 그만 침대에 쓰러졌다.

계오린이 일어났을 때는 아침 6시였다.

샤워를 하고 산책을 나가려 했을 때도 에리나는 보이지 않는다. 아마 자기 방에서 늦잠이 들었나 보다 생각하며 나갔으나 산책에서 돌아 왔을 때도 에리나는 보이지 않았다.

'내일 아침 일어나시는 대로 303호실로 연락주세요. 에리나.'

써 놓고 간 메모지가 계오린의 잠옷 소매에 쓸려 화장대 밑으로 떨어진 것을 계오린은 발견하지 못하였다.

술기운에 늦게까지 깊이 잠이 드셨나 보다 하며 기다리다 소식이 영 없어 에리나가 계오린 방으로 찾아 왔을 때는 이미 계오린은 드라큐라 성으로 가고 있었다. 는개처럼 안개비가 내리고 있었다. 희미하게 렌즈에 잡히는 드라큐라 성의 원형을 원격으로 촬영을 하고 비탈길로 성을 향해 걸어 올라가고 있다.

산허리 벼랑에 위치한 성은 날카롭게 솟아 있었다. 6.7m폭의 자갈길로, 그리고 45도 경사길 직선으로 오르다가 벼랑 끝 난간에서 90도 좌로 휘어져 넘어가는 난간에 입구문이 있었다. 자동차가 자유로이 정차할 수 있는 정류장이나 주차장 같은 것은 없었고 고개 넘어 계곡 저 밑에서 치불어오는 바람이 어찌나 세게

부는지 강풍의 위세가 사람도 날려 버릴 것 같다.

에리나가 가지 말라는 생각이 머리에 스쳐간다. 꼭 가보고 싶으면 자기와 동행하라는 부탁이 떠오르자 갑자기 무서운 생각이 엄습한다. 그렇다고 어디 서서 기다릴 바람막이도 없다. 한 손에 무비카메라를 꼭 쥔 계오린은 마음을 가다듬으며 옷깃을 여미고 성문 안으로 들어서고 말았다.

으리으리한 대리석으로 치장되어 있는 것도 아니고 수백년 풍화에 늙어버린 돌바닥이 곰보처럼 얽어 매끄럽지 못했다. 몇 계단을 올라 안으로 들어서니 서늘한 냉기가 계오린의 심장을 조여왔다. 한 층을 올라 북쪽 창문으로 내다보니 오목조목 작은 방들이 'ㄷ'자로 지어져 있고 비좁은 마당에 우물 같은 것이 보였다. 한눈에 성주들을 위하여 생애를 후대손손 몸을 바쳤던 노예가 살던 곳이 분명했다. 아직은 흡혈귀가 활동하는 무대의 흔적은 짐작할 수 없다. 목조계단을 올라가 복도에 이르니 검은 색의 육중한 목재함이 벽을 따라 놓여 있는데 가로 8척 세로 3척 높이 5척 정도였다. 영락없는 시신의 관모양이었다.

도대체 그 속에 무엇이 들어 있는지 열어 볼 수 없게 되어 있었다. 방안에도 그와 비슷한 관이 있었고 개인 침대가 붉은 시트에 싸여 있고 벼개도 있었다. 그 외도 여러 가지 가구가 있는데 무슨 칠을 하였는지 검은 색이 반질반질하게 빛이 나고 있었다. 황갈색의 옷장은 아주 정교하게 만들어진 것이었다.

아직도 삭은 곳이 없는 목조건물은 튼튼해 보였다.

다시 비좁은 목조 계단을 오르는 정면에 성주가 남긴 문자가 희미하게 남아 있는데 무슨 이야기인지 알 길이 없었다. 성의 살림을 관리한 사무실 그리고 비서가 머문 곳이 아닌가 짐작해 볼 뿐이다.

한 사람이 겨우 오를 수 있는 계단을 오르니 응접실 같은 이 건물에서 제일 큰 홀로 들어가는 입구가 있는데 여기에 들어서면 아주 정교하고 아름다운 백자와 청자의 그릇, 대접시, 대항아리 등 유기가 진열되어 있고 응접 의자들이 조화롭게 배치되어 있었다. 굉장한 고급 가구들이 방의 구조에 적당히 배열되어 있어 지금도 사람이 살고 있는 집 느낌을 주었다. 다만 일층 복도에 있던 것과 똑같은 함이 심심찮게 구석구석 배치되어 있어 으스스한 기분을 느끼게 한다.

그러나 품위와 교양을 두루 갖춘 서구 성주의 부호가 당대의 영광을 누린 흔적들이 건물 내에 배여 있었다.

이 계단과 비슷한 또 한 층을 올라가니 붉은 양탄자로 장식한 커다란 침대가 있고 그 위에 왕실 침대처럼 검은 포장을 둘러 명예와 권위의 위엄을 자아내고 있었다. 한결같이 가구들은 육중하고 대부분 검은 색의 가구들은 손상 없이 그대로 보존되어 있었다.

북문인지 남문인지 올라온 반대쪽 문을 통하여 나가 보니 그쪽은 상당히 넓은 통로가 있고 서재 및 문서 창고 등 참모들이 집무

한 방들이 있었는데 계오린이 올라간 통로는 비상 통로였고 정문은 지금 말하는 반대쪽 통로인 것을 알 수 있었다.

남달리 호기심이 가득 찬 계오린은 방문마다 확인해 보았으나 잠겨 있는 곳이 많았다. 간헐적으로 들리는 귀신의 곡소리가 간담을 서늘하게 하는 것 외에는 에리나가 말한 것처럼 별것 아니었다. 옛날에 성주가 살다 간 평범한 성 그대로였다는데 다소 실망하면서 창밖을 내다보니 전망이 너무나 아름다웠고 이 성이 상당히 높이 위치하고 있음을 알 수 있었다.

성을 향하여 대각선 경사로 올라간 정면 창밖을 내다보니 구릉에 그림 같은 전원 주택이 전형적 서구풍의 아름다운 서양화 그것이었고 샛노랗게 물든 나무들이 정취를 더욱 깊게 한다.

전원 주택 뒤쪽 멀리 뻗어 있는 초지에는 '아, 목동들에 피리소리'가 들려오는 환상에 휘말린다.

는개가 내리던 날씨는 화창하게 씻은 듯 늦가을의 고적하면서도 로맨틱한 감성이 넘치고 있다.

이렇게 절묘한 장소에 터를 잡아 자손만대에 영화를 꿈꾼 성주의 집에서 흡혈귀 이야기는 너무 어울리지 않는다 싶다.

주변의 용의주도한 산세와 빼어난 전망과 풍광, 이 모든 것들이 제자리에 놓여 있는 듯 조물주의 솜씨와 권능이 누구도 흉내낼 수 없도록 자연구도로 이루어 놓았으니 그저 인간은 자연의 신비에 감탄하는 시나 쓰는 여백만큼이라도 감사하고 감사해야 하겠다는 생각이 든다.

한참 동안 아름다운 자연에 정신을 뺏기고 있던 계오린은 다시한 번 가구들을 살펴본다. 수백년의 내력과 이야기를 품고 있는물건으로서는 원형으로 잘 보존되어 있었고 투박하면서도 정교한 맛이 난다. 그리고 튼튼한 면은 무엇보다 강조된 작품이라는사실을 다시 확인할 수 있었다.

드라큐라 왕자가 교회와 마찰을 빚으면서 십자군의 원정 콘스탄티노플의 함락, 사랑하는 아내의 죽음, 애증에 화신으로 흡혈귀의 출현, 계오린은 무슨 이야기인지 앞뒤의 실마리를 연결하지못하고 막연히 흡혈귀라는 관념에서 드라큐라 성을 찾아온 당초의 생각과는 너무나 다른 의문에 의문을 되씹으면서 멋진 동기유발을 시로 승화시키지 못하고 가구만 살피고 있는데 또한 비밀통로 같은 목조계단을 찾았다.

이 계단을 오르면 어디가 나올 것인지 전혀 짐작하기 어려운 미로 같은데 올라가리라는 호기심보다 비상한 두려움이 엄습했다.그 두려움은 꼭 올라가라는 명령처럼 계오린을 억압한다.

울렁거리는 가슴을 진정시키고 주먹을 꼭 쥐어 보았다. 손가락에 힘이 미치고 있다. 숨을 죽이고 두터운 나무 계단에 한 발 올려 상체를 움직였다. 그 순간 '삑―' 목멘 귀신소리가 어찌나 크게 들리는지 그만 다시 내려서고 말았다.

알 수 없는 일이었다.

나무 계단은 틈새 없이 튼튼하고 움직이지 않았다.

그런데 깔려 숨지는 소리는 어디서 난단 말인가? 나무 계단이 삭지나 않았나 살피다가 일어서는데 날카로운 뿌리로 심장을 쪼으는 듯한 독수리 그림자가 휙 지나간다.

계오린은 좀처럼 가슴이 진정되지 않는다.

심호흡을 크게 연속하면서 정신을 가다듬었다. 그리고는 단번에 연속 네 계단을 올라간다. 웬일인가? 조금 전에 소리는 들리지 않는다. 아니 아무 소리도 들리지 않는다.

선 그대로 위를 쳐다본다. 문은 열려 있다.

파란 하늘이 숨구멍처럼 보인다. 그 순간 눈부신 빛살이 지나간다. 이어 검고 거대한 물체가 신바람을 내고 지나간다.

계오린은 선뜻 올라가기에는 마음에 준비가 덜 된 것이었다.

다시 네 계단을 내려오는데 순간적 계단 밑에서 비명이 울렸다.

참으로 이상한 생각을 피할 수가 없다. 가슴이 조여들고 있다.

계오린은 크게 심호흡을 하고 빨간 보에 싸여 있는 왕의 침대로 다가갔다. 조금 전엔 언뜻 보아 빨간 융단포인 줄 알았는데 중세 유럽 봉건 왕실에서 사용한 비단이었다. 명주실로 여러 겹 아주 섬세하게 뜬 최고급 천, 공단이었다.

계오린은 천천히 살펴보다가 흠칫 놀란다.

선혈이 묻은 흔적이 선명하게 45도 각도에서 보였기 때문이었다. 바로 이 침대가 드라큘라 백작이 미녀의 붉은 피를 흡입하며

지낸 침대인 것인가? 생각의 고리는 계오린의 뇌리를 칭칭 감고
돌기 시작한다.

드라큐라는 봉건성주 사회였던 중세 유럽에서 약 200년(1096
~1270)동안 칠백만이 동원되고 이백만명이 도륙당한 십자군 전
쟁이 동유럽까지 휩쓸고 지나간 후 영국과 프랑스가 영토문제에
얽힌 백년전쟁(1339~1453), 이른바 장미전쟁과 동로마 제국의
번영이 이곳 루마니아까지 지배를 하다가 1453년에 이르러 터키
오스만 투르크의 침입을 받아 오랜 세월 동안 전쟁에 휘말린 성
주가 사랑하는 아내를 십자군에 희생당한 복수극으로 흡혈귀가
된다는 이야기를 1897년 영국의 소설가 스토커(stoker.B)가 쓴
괴기소설 〈흡혈귀〉 이름으로 알고 있던 오린은 착각과 혼돈 속으
로 자신이 빠져 들고 있는 사실을 지각하지 못한다.

계오린이 침대포에서 눈을 떼는 순간 침대 밑에서 하얀 쥐 한
마리가 쏜살같이 계단 뒤쪽으로 달아난다. 계오린은 무의식중에
흰 쥐가 들어간 틈으로 무언가를 살핀다. 그는 단단하고 검은 문
안으로 들여다 본다. 순간 그는 쇠뭉치로 뒤통수를 얻어 맞은 충
격을 받고 움찔한다.

그는 자기 눈을 의심하며 몇 번 반복해서 껌뻑여 본다. 북쪽으
로 난 창문은 열려 있고 바람이 세차게 돌고 있는 열 평 정도의
방안에는 수십 구의 알몸 시체가 뒹굴고 있다.

괴이하게도 한결같이 남자였고 붉은 핏자국은 전혀 없는 대신 남근에서 끈끈해 보이는 백혈이 어지럽게 그림을 그리고 있다.

언제쯤 죽었을까? 왜 죽었을까? 하얀 피는 도대체 무엇이란 말인가? 갈피를 잡을 수가 없다. 계오린은 다시 한 번 더 확인해 본다. 자신의 눈은 정확했다.

그때 계단으로 누가 다급하게 올라오는 인기척이 들려온다.

계오린의 머리카락 끝에는 전기가 뻗치고 있다.

돌아서 다시 침대쪽으로 걸어 나오는 계오린의 주먹은 자신도 모르게 꼭 쥐어졌다.

"계오린 선생님, 여기 계셨군요."

숨이 차는 듯 거친 호흡으로 말하는 여인은 다름 아닌 에리나였다. 공포에 질린 계오린은 자신도 모르게 '에리나!' 하고 반긴다.

"선생님, 무사하시군요."

지금 에리나가 무슨 소리를 하고 있는 것인지 잘 모르지만 오린은 안도의 한숨을 내쉬었다.

"다 돌아보셨습니까? 보셨으면 내려가시지요."

"에리나, 아직 저기는 보지 못했어."

계오린이 비상계단을 가리키자 에리나는 정색을 하며 강요하듯이 애원한다.

"거긴 아무것도 없습니다. 그만 가시지요."

갑자기 호기심이 발동한 계오린은 더욱 가보고 싶고, 가보지 않을 수가 없다.

"아니, 위라크라와 만나기로 했는데 저 위에서 기다리고 있나 봐."

"왜, 그 여자를 만날려고 해요? 만나면 안 된다고 하지 않았습니까? 매우 위험해요."

영문을 모르는 계오린, 그것은 여자의 본능적 질투인가 싶다.

"아니, 여기까지 왔는데 가봐야 해요. 공연히 비겁하게 피할 이유가 없지."

"안 된다니까요. 지금 리타와 빌 그리고 크라크가 어제 밤에 실종되었어요. 에바와 이번 행사 주최측에서 찾고 있어요."

"뭐 그들이 실종? 어디 무단 외출했겠지. 여기에 같이 온 것 아닌가?"

"아니예요. 선생님도 함께 실종된 거 아닌가 가슴이 얼마나 뛰었는데요. 그래서 지금 야단났어요. 위라크라도 함께 없어졌다고 모두들 이상하게 생각하며 주목하고 있어요."

그때 계오린의 머리에 스치는 것이 있었다.

조금 전에 알몸의 사체들 중에 창쪽에 두 구가 진갈색 머리 빌과 리타 비슷했다는 생각이 스친다. 계오린은 전율을 느끼면서도 윗층이 너무 궁금했다.

'틀림없어. 위라크라가 윗층에서 기다리고 있을 거야. 그녀의 정체는 무엇이란 말인가?'

사람을 끄는 마력이 빼어난 미모에서만은 아니었다.

'드라큐라＝위라크라.'

그러면 그녀는 백혈귀란 말인가? 번개같이 스치는 영감.

계오린의 모험정신은 그 자리에서 끝낼 수가 없었다.

'아니야, 올라가 봐야 해……'

계오린이 계단 쪽을 향하자 에리나가 막아서면서 계오린의 눈빛을 살핀다.

포기하지 않을 것만 같은 계오린의 의지를 읽은 에리나는 하는수 없다는 듯 계오린의 손에 무엇인가 쥐어주며 당부한다.

"이것을 위급할 때 상대방 코에 집어넣으세요."

그것은 살구씨(杏仁)와 마늘 세 쪽이었다.

"알겠소."

계오린은 계단 밑의 이상한 비명소리도 아랑곳 없이 하늘이 보이는 계단으로 신속히 올라간다.

발을 구르며 걱정하고 있는 에리나는 지금 계오린의 안중에 없다. 파아란 하늘이 솟구치는 문을 오르는 순간 육중한 철문이 쾅하고 닫히면서 거센 회오리가 계오린을 휘감아 쓰러뜨린다.

기겁을 한 계오린은 사정없이 넘어지면서 막 호주머니에 넣으려는 마늘 세 조각이 획 구르며 까마득한 벼랑으로 떨어져 버린다.

그런 위급한 순간에도 까마득한 서북쪽 계곡 구릉으로 그림 같은 전원 주택이 너무너무 아름답게 전개된다. 돌풍만 불지 않으면, 그리고 드라큘라 귀신만 없으면 언제든 머물고 싶은 이 성의 정상 위에 L자로 동서에 자리한 옥상 건물에 문이 열려 있고 누군가 거기에 있는 듯 햇살이 빨려들고 있었다.

잠깐 계오린은 망설이다가 문쪽으로 발자국을 한 걸음 옮겨 놓자 어디선가 위라크라가 화사한 미소로 맞이한다.

"약속을 지키시는군요."

계오린의 눈 앞에는 진해만에 활짝 핀 사쿠라 터널 같은 느끼하면서도 굳은 의지가 없이는 무작정 빨려 들어갈 수밖에 없는 냄새가 가슴 숨통을 틀어 막는다. 계오린은 본능적으로 몸을 틀며 서북에서 불어오는 맑은 공기를 들이마신다. 그리고 구름 한 점 없는 시린 하늘을 한 아름 안는다.

"계오린! 이리로 오세요. 네."

그녀는 사쿠라 나무껍질 무늬의 긴 드레스를 입고 갈색 머리카락을 날리면서 환히 웃으며 어서 오라는 포즈를 취한다.

잠깐 머뭇거리다가 위라크라에게 접근하는 계오린. 그는 이상야릇한 그녀의 마력에 빨려 가고 있었다. 그러나 계오린의 왼손은 뒤허리춤에 숨긴 작은 고성능 전자총에, 오른손은 가스총에 신경을 곤두세우고 있다.

"당당하게 약속해 놓고 왜 이렇게 기다리게 하세요. 계오린!"

그녀는 언제 보아도 관능적으로 아름답다. 바람에 얼룩 드레스가 들쳐지자 네덜란드 스키폴 기내에서 볼 때보다 더욱 황홀하고 매력이 넘친다. 계오린의 머릿속에 스쳐가는 폭풍전야. 그때 그녀의 모습이 무지개처럼 떠오른다.

드라큐라 성의 옥상, 피뢰침같이 솟은 돔만 시린 하늘을 찌를 뿐 멀리 그림 같은 루마니아의 자연은 그대로 너무나 아름다운 풍경이다.

아직도 한가로이 마지막 새싹을 뜯고 있는 소떼들. 하얗게 무리지은 양떼를 예수가 재림한 고대국가로 착각하리만치 자연 그대로였다.

부서져 쇳가루가 날리는 듯한 자동차 배기가스가 숨막히고 고막을 마비시키는 소음, 그리고 온갖 확성기를 통해 시시각각으로 외쳐대는 인간 동물의 먹이 찾는 소리에 찌들은 계오린에게는 지상천국처럼 아직도 루마니아는 오염되지 않았다.

그동안 일련의 위라크라와 일어난 일들이 범상치 않지만 너무나 자연적인 루마니아 풍경이 그런 경계심을 무너뜨리고 있다. 물론 에리나가 준비해 준 세라믹 방탄 비닐로 생명의 급소를 포장한 자신의 믿음도 한몫을 하고 있다.

그러면서도 스튜어디스 위라크라 모습과 다급했던 그 때 동작이 주마등처럼 스친다.

그녀는 빠른 동작으로 안전벨트를 잠그고 마음을 가다듬으려 노력하는 모습이 노출되고 있었다. A스튜어디스 그녀의 짧은 유니폼이 풍만한 그의 육체를 감싸지 못하여 노출이 심한 데다가 유난히 발달한 엉덩이 때문에 허벅지 속살이 다 드러나 있는 것도 모르고 미소를 지어보지만 억지 내면에는 공포가 휩쓸고 있다는 느낌은 피할 수가 없었다.

계오린은 순간을 모면하는 본능으로 옆좌석 마리아에게 말을 걸었다

"조, 조용해지잖아요. 별 일 아닌 것 같은데."

"그 그런데 왜 떨어요?"

"내 입술이요?"

계오린은 거짓된 자신의 내면이 발각된 것 같아 당황했다.

공중경험이 많은 A스튜어디스는 애써 정색을 하며 자기가 스튜어디스라는 것을 의식하고 있었다.

"의자에 밀착, 더욱 안정을 취하도록 노력하세요. 이제 시작입니다. 조금은 심할 거예요."

"심할 거란 걸 어떻게 압니까? 지금은 순행하고 있지 않습니까?"

"시작이 심상찮습니다."

A스튜어디스는 경험을 통하여 승객의 안정에 만전을 기해야 할 대답치고는 조금은 불친절한 것처럼 느껴졌다.

"심상찮다고요? 그러면 어떻게 된다는 것입니까?"

"지상 관제탑에서 연락이 왔어요. 기상정도가 대단하다고요."

"그럼 어떻게 되는 것입니까?"

"아무도 몰라요. 조종사의 역량과 자연의 운명에 맡기는 수밖에."

뜻밖에 그녀의 대답이었다.

"그런 대답이 어디 있어?"

"그런 물음은요?"

"그래도 훈련된 경험을 살려 상황을 확실히 판단한다거나 안심을 시켜 줘야지요."

"콜걸이 모든 남성을 KO시키나요? 상대방의 마음에 달려 있지요."

계오린은 잠깐 질문을 멈추었다. 그녀의 대답이 너무 엉뚱하여 생각할 시간이 필요했다.

"훈련된 경험자가 착각하면 낭패를 만납니다. 특히 이런 순간에는요."

그랬다. 위대한 자연 변화와 남의 기술을 가지고 어떻게 될 것이란 판단은 웃기는 이야기다. 자신의 추적을 감추려는 것은 현자로서 그가 처해 있는 근무자세일 것이다.

계오린은 자신이 지나치게 위라크라를 억지 경계를 하는 것이 아닌가 생각하는 순간 위라크라가 있는 옥탑 방안으로 들어섰다.

그는 의외의 광경에 머리카락이 쭈뼛 선다. 무어라 꼭 집어 말

할 수 없는 사쿠라 냄새가 가득한 방에는 매, 독수리 등 맹조들의
형체와 울음소리가 환청으로 들리고 방바닥에는 막 정염에 불꽃
튄 핏발선 눈을 부릅뜨고 공격자세로 처다보고 있는 늑대의 박제
가 깔려 있다.

문 하나로 격리되어 있는 두 마리 늑대는 어찌나 큰지 여섯 평
이 넘는 방바닥을 꽉 채우고 있다.

순간에 덤빌 것만 같은 송곳 이빨이 상아 이빨처럼 새하얗게 빛
이 나고 얼룩 가죽은 따뜻하고 푸근한 느낌까지 준다.

"계오린, 잘 오셨어요. 이 순간을 얼마나 기다렸는데요. 아시나
요? 내 가슴이 새까맣게 탄 걸요."

위라크라는 양팔을 번쩍 들어 계오린의 목을 방울뱀이 먹이를 감
듯이 포옹을 한다. 특유의 여체에서 나는 사향내음은 계오린의 이
성을 마비시키면서 공격을 늦추지 않는다. 그녀가 걸치고 있던 사
쿠라 무늬 드레스는 미끄러지는 듯 바닥에 구르고 실오라기 하나
없는 위라크라의 육체는 계오린의 숨통을 틀어막기에 충분했다.

그렇게도 섬세하고 부드러운 여인의 몸에서 얼마나 센 힘이 나
오는지 단숨에 계오린은 늑대 가죽 위에 쓰러진다. 그리고 눈부
신 나신으로 덮치는 위라크라를 향해 차마 전자총을 쏠 수가 없
는 계오린, 그는 그만 그 풋풋한 위라크라의 입술 세례에 혼신이
몽롱해갔다. 달콤하고 짜릿한 의식 속에서도 등골이 빨려 나가는
듯한 쾌감 속에 잠재해 있던 계오린의 저항의식은 간신히 가스총

을 발사하는 데 성공했다.

총구를 분사한 가스는 위라크라를 기절시켰고 계오린도 기절하고 말았다. 한바탕 몸부림 투쟁과 괴성이 범벅되다가 조용해진 옥상문을 도끼로 부수고 현장에 도착한 에리나는 계오린의 뺨을 때리면서 정신이 들기를 재촉하고 나섰다.

"계오린 선생님 정신 차려요. 어서! 여기를 빠져 나가야 해요. 어서!"

다급한 에리나의 목소리가 환청으로 들리다가 차츰 정신을 차리는 계오린,

"여기까지 어떻게… 에리나, 에리나."

"여기를 빠져 나가야 해요. 어서 어서요. 선생님."

"그럼……."

계오린이 위급하게 정신을 가다듬고 나가려는 순간 계오린의 아랫도리를 움켜쥐는 날카로운 발톱, 계오린이 반사적으로 돌아보면서 '으악' 비명을 지른다.

그렇게도 관능미와 화사한 사쿠라 꽃구름으로 감싸 안아 입술을 빨던 위라크라의 기절한 알몸은 어느 사이 백혈에 굶주린 암늑대로 변하여 계오린의 남근 중앙을 움켜쥔 것이다.

본능적으로 순간에 일어난 계오린의 반격. 그는 늑대의 발목 급소를 잡고 죽을 힘을 다해 비틀어 압박, 움켜쥔 날카로운 발톱에서 빠져 나온다.

미련하고 사나운 늑대와의 결투가 옥상에서 비상한다. 계오린도 익히 알고 있는 기술을 총동원하여 결사 투쟁을 한다.

옆방에 누워 있는 수놈의 늑대가 연약한 에리나를 공격한다.

사나운 늑대의 공격을 피해 가며 늑대 코구멍에 마늘쪽을 집어넣으려는 에리나의 마지막 작전은 쉽게 이루어지지 않는다.

드라큐라 성 옥상에는 불꽃 튀는 격투가 최후를 달리며 수단과 방법이 총동원되어 방어와 공격이 이어지고 있다. 하지만 오린과 에리나는 이 무서운 짐승을 당할 길이 없다.

그렇게도 맑고 깨끗한 하늘은 세찬 바람과 함께 미친 듯 몰려드는 먹구름이 순식간에 칠흑 같은 암흑으로 밤처럼 태양을 겹겹이 감싸 감추더니 뇌성 번개가 치기 시작한다. 마른 하늘에 날벼락은 순식간에 폭풍우에 휘말려 쏟아진다.

하늘이 분노한 자연의 소리가 발정난 짐승들의 울부짖음을 희석하면서 번쩍 번쩍 벼락으로 위협하며 확인하고 있다.

발정이 극에 다다른 늑대의 발톱이 계오린의 중앙을 파고드는데 간신히 세라믹 방탄비닐이 막고 있으나 마지막 위기에 도달하고 있다. 죽음의 순간 계오린은 최후의 수단으로 전자총을 쏘는데 성공하지만 코끼리 같은 거구의 늑대는 미동도 없이 막아내는 듯 변함이 없었으나 계속 파고 들어가는 α전자파는 결국 이 사나운 늑대의 심장을 멎게 하는 데 성공했다.

계오린은 분명히 과학 문명에 의해 단 한 번 순간의 위기를 면

한다. 옥상난간에서 뇌성번개 같이 포효, 불을 뿜으며 길길이 발광하는데 먹구름 천둥번개와 어우러져 마치 천지 개벽을 하는 듯 하늘땅을 흔들며 몸부림치다가 끝내 기진하여 천천히 쓰러져 수천 길 아래로 떨어지는 늑대는 기어이 계오린의 허리 아래 걸려 있는 허리띠를 놓지 않는다.

중력에 탄력을 받으며 쏜살같이 떨어지는 두 물체, 그러나 어디선가 크고도 큰 독수리가 늑대의 시신, 아니 화사하고 관능적인 위라크라의 시신을 예리한 발톱으로 채 어디론지 사라진다.

죽은 늑대 발톱에서 풀려나 수직으로 떨어지던 계오린은 마침 수백 년 묵은 살구나무에 걸리면서 구사일생으로 목숨을 구한다.

그러나 한편에서는 안타깝게도 인간에게 원수의 한을 남긴 인과응보.

그 착하고 아름다운 에리나여!

1897년 영국인 작가 스트크에 의해 그로부터 500년 전에 종교를 빙자한 온갖 만행을 저지른 인간의 비인간적 잔악성으로 갈가리 찢어진 사랑의 진실을 추구한 드라큐라 귀신의 후예인 사나운 또 하나의 숫놈 늑대에게 무참히도 능간당하는 에리나의 육체 속에는 늑대의 악귀 백혈이 자궁에서 뇌에까지 퍼지고 말았으니 장차 무슨 일이 일어날 것인가?

기절한 에리나의 몸속에 백혈을 쏟아 부은 늑대가 지쳐 있을 때, 위라크라에게 백혈을 모두 빼앗기고 옆방에서 마지막 죽어

가고 있던 크라크의 본능적 복수로 에리나가 위급시 호신용으로 지니고 있던 마늘 쪽을 수놈 늑대의 콧구멍으로 집어넣었고 백혈 귀는 한동안 동작을 멈추더니 박제로 변하고 말았다.

기절한 상태에서 깨어난 에리나는 정신을 가다듬고 주위를 살피는데 한판의 수라장 흔적 사이로 저 아래 수백 년 늙은 살구나무에 사람이 걸려 있다.

에리나 시야에 걸려 있는 사람이 계오린임을 직감한다. 에리나는 간신히 몸을 추스르고 아슬아슬한 곡예사처럼 달려가 살구 고목에 걸려 있는 계오린을 구출한다.

"계오린 선생님! 정신 좀 차리세요, 네. 용기를 내십시오. 이제 악마는 다 사라졌습니다. 계오린 선생님이 이겼습니다. 어서 일어나세요."

자신이 무슨 일을 당했는지도 자각하지 못하고 혼신을 다하여 안타깝게 보살피는 에리나의 정성으로 꺼져 가는 계오린의 맥박은 차츰 정상으로 돌아오고 있다.

한참 해그림자는 길어져 갔다.

"에리나, 정말 사악하고 험한 먼 여로였어!"

"계오린 선생님 정신을 회복하셨군요. 나는 세상이 끝나는 줄로만 알았습니다."

"세상이 끝날 수야 있겠습니까? 그 누구도 그 무엇으로 어쩔 수 없는 우주의 상생 원리가 돌아가고 있는데 다만 인간의 삶 그 자체의 가치관이 바뀔 뿐입니다."

"그런가요? 그렇다면 그 가치관은 어떤 것일까요?"

"사랑의 빛일 겝니다."

"사랑의 빛이라니요?"

"빛은 반드시 그 무엇이 소멸됨으로써 발산하는 것이지요. 이 우주에 오직 하나밖에 없는 해가 그렇듯이 혼신의 힘을 다 바쳐 스스로의 영혼 속에 내재한 양심의 자유를 노래하는 진정한 시인의 희생은 사랑의 빛을 발산키 위함일 것입니다."

"사랑의 빛과 시인의 노래, 저는 삶의 진리 즉 가치관에 대하여 수많은 석학들을 인터뷰했습니다만 이런 논지는 처음 듣습니다. '삶이 그대를 속일지라도 노하거나…' 푸시킨의 시를 좌우명으로 살아왔으나 삶의 가치관에 대하여는 확실한 신념을 찾지 못하였거든요."

"삶이 그대를 속일지라도, 사람은 알면서도 속고 사는 동물입니다. 만물의 영장이란 혼령이 없다면 하등동물에 속할 것입니다. 생각해 보십시오. 소위 그 위대한 문명국가일수록 영혼은 육체의 영장이 아니라 노예가 되어 있습니다. 그래서 물리적인 힘이 행세를 하고 그 사회를 다스리고 있지요. 그래서 힘센 사람의 행동은 사회질서요 인류 기본법이 되지요."

"그 힘은 무엇이며 어디서 생긴다고 봅니까?"

"그 힘이라는 것은 산업 문명의 재화, 그 재화는 노동력을 제공하는 약자로부터 착취해서 오는 것이라 말할 수 있어요. 말하자면 상생 원리의 가장 비인간적인 질서가 약육강식이거든요."

"아! 선생님 늑대."

"바로 늑대의 질서 그것이지요."

계오린은 이 드라큐라 성 옥상 방에 포진하고 있는 암, 숫놈 늑대의 욕망이 바로 문명이란 기류를 타고 끝간 데 없이 미쳐가고 있는 인간들이라 믿고 있다. 이 지구촌의 유행이 색칠하고 있는 환상을 우리는 올바로 깨닫지 않으면 안 된다는 그런 말이었다.

그러나 덧칠에 불과한 경종이 과연 종말로 내달리는 하루살이 인심을 구원할 수 있을까?

무시무시하게 박제된 늑대는 아직도 그 자리에서 세상을 지켜보며 있을 것이고, 이에 정기를 받은 위라크라는 지금 어디선가 더욱 강렬한 활동으로 인간성 파멸을 기도하고 있을 것이다.

VI. 구원의 나락

소슬 소슬 나뭇가지 사이로 흐르는
바람소리 저 멀리 저어 멀리서
들리네 현에 실려 피리소리
별무리 쏟아지는 귓전에
자장가 사랑심어 소록 소록 깊어 가는
어느 마을 새어나온 불빛들이
화평의 꿈으로 아롱겨간다

저어기는 어디메 저기 어디인가
소곤소곤 정다운 소리 있어
어헉 어헉 흐느끼는 소리
어헝 어헝 통곡의 몸부림
말도 안 되는 세상이야기 삼키며
그래도 고요히 잠들어 가는

그 날들에 별빛은 무슨 생각을 할까

태양이 숨어 버리면
빛들이 숨바꼭질하는 공간에서
감정에 치닫는 영혼의 종말은
뜯어도 포옹해도 아물지 않는
어둠에 빛은 저렇게도 선명한데
내일은 또 내일은 다시 오는 것
설산 기슭 에델바이스 내년에나 필려나

　계오린이 작사 작곡한 노래가 허공으로 날고 손에 손잡고 아쉬움의 인사를 끝으로 뿔뿔이 헤어지기 시작한 늦은 밤이 지나갔다.
　지난 밤 여운이 아직도 남아 있는 아침.
　에바와 그의 집행부에서는 더 이상 영문을 모르고 동분서주 빌, 리라, 크라크, 위라크라와 계오린, 그리고 에리나까지 찾아보았으나 어디 있는지 찾지를 못했다. 실종된 이들이 각자 자기 위치로 돌아가 버렸는지도 모를 일, 다른 손님들도 자기 나라로 돌아가기 위해 부크레시티로 떠나고 있어 '설마 잘 돌아가시겠지' 하며 서서히 망각하고 있었다. 이런 경우뿐만 아니고 인간에게는 망각이란 것이 있어 참으로 편리한 때가 많은가 보다.
　천지개벽이 일어나던 드라큐라성도 이전처럼 조용해졌다.

다만 무섭고 절대적인 백혈귀의 공격을 받고도 살아 남은 계오린과 에리나는 드라큐라가 십자가 정신에 굴했듯이 위라크라는 도덕적(morality) 저항정신에는 어쩔 수 없었던 것이었다.

루마니아 북부산악지대(The Rumanian Olymp)에 거봉인 처홀라우산(Ceahlau Mountain) 거봉에는 만년설이 쌓여있다. 거대한 비캐즈(Bicaz) 호수와 댐에는 찰랑이는 수면의 파장이 선율을 타는 듯 미세한 음악이 흐른다.

피라밋을 연상하는 설봉을 이고 천길 아득히 굽이치는 비캐즈계곡에는 억만년 전설이 99도 벼랑에서 송이버섯으로 피어 있고 부딪혀 부서지면서 내달리는 물소리가 천둥같이 울려오고 있었다.

하늘 까마득하게 울울창창한 크리스마스 트리는 머리에 하얀 눈을 인 채로 기울어 쏟아지는 햇살에 반짝이고 산새소리는 적막으로 잦아들어 여운을 남기니 신비의 절경에 화음은 천상의 소리 같다. 호수가 구릉마다 계절의 황혼에 접어드는 형형색색의 단풍 속에 비단 폭 무늬처럼 별장 같은 집들이 수를 놓고 있어 한 폭의 아름다운 그림이다.

자연이 아니고서야 이처럼 아름다운 조화를 이룰 수 있을까?

자연 그대로의 신 그 솜씨가 아니고서야 그 누구도 그릴 수 없는 빼어난 경관이었다.

이 모두를 두루 섭렵하는 언덕 위 작은 마을로 에리나에 이끌려온 계오린은 아직도 위라크라의 공포와 환상에서 중병을 앓고 있는 것이다. 계오린이 이곳으로 찾아 든 것은 그들이 구사일생으로 드라큐라성을 빠져나온 만 10일만이었다.

정말로 이들이 숨어든 것은 신의 계시나 우연이 아니었다.

이곳 비캐즈스 마을은 에리나가 태어난 곳이고 아직도 부모 친지들이 살고 있다. 에리나는 아버지 요한 모소바와 어머니 스잔나 사이 맏딸로 태어났고 여동생 지이나와 남동생 도리스가 있다.

에리나 아버지는 애초 그리스 정교의 사제로 일하다가 1950년대 러시아 정교의 영향이 미치자 사원의 집전을 그만두고 밭을 갈며 양을 기르면서 90이 넘도록 이곳에서 줄곧 사셨고 그의 아내 스잔나는 남편 모소바 보다 두 살 아래로 아직도 끼니를 직접 지어 생활하는 건강을 유지하고 있었다.

에리나는 열 다섯 살까지 이곳에서 항상 사제 복장에 휘장을 두르고 양과 같이 생활하시는 아버지와 살다가 야사로 유학을 오면서 떨어져 살게 되었고 그녀는 야사에서 학업을 마치고 그곳 잡지기자로 일하고 있다. 그의 여동생은 부크레시티로 진출하여 백화점 삼성전자코너에서 근무를 하고 남동생 도리스도 부크레시티에 진출해 있는 한국의 대우 자동차에서 근무하고 있다.

그들은 성탄절이나 1년에 한두 번 모두 이곳에서 만날 뿐 서로 헤어져 있어 생활의 소상한 내면은 서로 잘 모르고 지내고 있다.

그러나 그리스 정교였던 엄격한 아버지 밑에서 철저하게 계율과 절제를 익혀 직장에서나 주변에서 한 치도 실수 없는 정도를 걷고 있었다.

에리나는 아버지와 같은 그리스 정교의 계율에서는 진보적 자유 사고 방식을 가지고 있고 사교적이고 개방적이면서도 그리스 정교를 바탕으로 한 러시아 정교를 이해하고 조화하는 철두철미한 자기 인생관이 뚜렷한 취재 정보인으로 달관되어 왔던 것이다.

그럼에도 그녀는 짧은 시간에 동양인 계오린을 사랑하는데 자신의 몸과 마음을 줘버린 상태에서 예기치 못한 위라크라의 기습을 받아 이미 자신도 모르게 백혈귀에 전염된 것을 감지하지 못하고서 백혈귀의 변신인 사나운 늑대의 공격을 입은 정신적 충격과 육체적 기진으로 원기를 회복치 못하고 반복해서 헛것에 시달리고 있는 환자 상태였다.

"에리나 정신차려요, 용기를 내야 해요, 어서요."

살구나무 가지의 반동으로 박살을 모면한 계오린은 에리나의 긴급 구조로 정신을 차렸다.

그러나 계오린을 구출한 에리나는 혼수상태로 불덩이 같은 신열을 내며 헛소리를 계속 했다.

"계오린! 제가 선생님을 사랑한 것은 신의 계시였어요. 어깨 위까지 하얀 머리가 수염과 어우러진 예수님의 그 모습, 아니 동방 성서에서 본 성인의 모습, 아버지를 많이 닮았어요. 좌우지간 영감으로 날아다니는 신선이었어요."

"에리나, 무슨 이야기야. 산천산맥을 주름잡아 종횡무진 축지법을 쓰는 동양의 신선도사 모습이란 말이요."

"맞아요. 아버지 모습에 가까운 노인이 나를 따르라 했어요. 그를 따라 가는데 어느 방문 앞에서 지팡이로 문을 밀어 열면서 선뜻 방안으로 들어섰는데 노인은 보이지 않고 왕자같이 젊고 멋진 신사가 저를 덥석 안았어요. 순간 저는 수만 볼트 전기에 감전된 듯 빨려 들어 선녀처럼 하늘을 날고 있었습니다. 아침에 먼동이 터 새빨간 커텐 사이로 빛이 숨어드는 방안이 짙붉게 물든 사랑이 충만했을 때 비로소 하얀 까운만 걸친 알몸으로 선생님 품에 있음을 깨달았죠."

"에리나! 사랑해. 이제 그만 용기를 내어요."

"고향엘 가고 싶어요. 내가 태어난……."

"거기가 어디에요? 자세히 말해요."

"비케즈스 마을이에요."

"비케즈스?"

"네! 비케즈 호수는 석양에 더욱 아름답습니다. 꽃피는 봄을 빼고는."

"그럼 우리가 이번에 지나온 비케즈 댐. 그 언덕에 그림같이 펼쳐진 그곳, 맞아요?"

"맞습니다. 이른 봄 살구꽃이 필 때면 일대 장관입니다."

"살구가 많이 있습니까?"

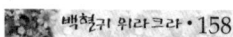

"저의 아버지께서 많이 심으셨대요. 그리스 정교 사제로 그곳에 정착하시면서 양과 살구나무만 심으셨대요."

"그 아름다운 고향에 누가 있나요?"

"구십이 넘으신 아버지와 어머니, 그리고 친척이 살고 있습니다."

"에리나, 고향으로 가요. 건강을 되찾을 수 있는 곳은 고향밖에 없을 거예요."

"선생님도 고향으로 가실 겝니까?"

"아니요, 에리나. 혼자두고 이대로 부크레시티 비행장으로 갈 수는 없지요."

"계오린 선생님. 떠나지 말아요. 그냥 가시면 저는 죽고 말 것입니다. 죽을 수밖에 없습니다."

"그러지 말아요. 에리나. 용기를 내세요."

"이제 저는 계오린 선생님과 떨어지는 순간 숨이 끊어질 것만 같아요."

"알았소. 같이 가십시다. 비케즈스 마을로."

그때부터 계오린과 에리나는 칠백리가 넘는 에리나 고향 비케즈스 마을까지 온갖 고생을 다하며 간신히 도착했다. 그들은 모든 것을 다 잃은 상태에서 여비도 무일푼이었다. 가까이 가는 마차에 옮겨 타길 수십 번, 먹을 것이 없어 수확한 감자밭을 뒤져 새파랗게 새싹이 난 감자로 연명을 했다. 나중엔 그것도 없어 나무뿌리를 씹어야 했다.

움막에서, 농기구 창고에서, 풀을 베어 쌓아둔 퇴비 더미에서, 차곡차곡 쌓아둔 장작 더미 사이에서 노숙을 하며 죽기 살기로 고향을 찾아 북상했다.

그들이 기진할 정도로 몸이 망가진 것은 이런 고생도 한 몫을 했겠지만 주된 원인은 백혈귀 환자였기 때문이었다. 그들은 생존하기 위해서 서로가 백혈을 필요로 했다. 육체를 짜고 또 짜며 절제도 없는 성희가 이어지면서 그들이 고향에 도착했을 때는 거의 귀신의 몰골로 변해 있었다.

남루한 의복, 상처 투성이의 수족과 얼굴, 해골 같은 얼굴에 산발까지 어우러져 굶어 죽은 귀신 모습 그대로였다.

때로는 산짐승을 잡아 시뻘겋게 피를 둘러쓰며 고기와 피를 먹으려 시도를 해 보았지만 붉은 빛깔의 피는 그들의 몸에서 받아주지 아니 한다. 아무리 허기져 지쳐도 백혈만 소용이 되었다.

그들에게는 차츰 양심이니 체면이니 그 따위는 전혀 견제가 되지 아니 하였다.

오직 백혈이 필요했고 신의 계시인 양 백혈을 구하는 방법은 스스로의 육체에 잔류하는 등골을 채취하는 방법밖에 없었다.

드디어 사랑이고 성희고 쾌락이고 그런 말은 사치스럽고 거추장스러운 말장난에 불과했고 꺼져가는 생명을 지탱하기 위해 절실히 요구되는 것이 백혈이었으니 아무리 인간의 죄업이라 하지만 진정 잔인한 형벌이 아닐 수 없었다.

참으로 생각해도 끔찍한 노릇이었다. 등골을 채취하는 길이 남녀가 합궁하는 그 것밖에 없으니 말이다. 달리 묘책이 없는 병이었다. 성이니 쾌락이니 하는 것들이 이제 와서 시퍼렇게 펄펄 끓는 지옥이 아니고 무엇이란 말인가?

바싹 말라 타 죽어 가는 결핵 환자가 색을 좋아한다고 누군가 말했지만 백혈귀에 오염된 환자는 차츰 지쳐 가면서 색이 구역질이 나고 못 견딜 정도로 역겨워지는데도 오직 명줄을 이어가기에 필요한 욕구는 마약중독과 똑같은 증상을 나타내고 있었다. 아편 중독에는 아편만 소용되듯이……

남들이 동양에 시선이라 일컫는 영감과 혼의 세계에서 수신하던 계오린의 정신 상태는 차츰 저항을 잃어 가고 죽음의 순간이 다가올수록 악착같이 살고 싶은 늙은이의 욕망 바로 그것이 오린의 전부를 지배하기에 이르렀다.

한편, 아버지가 그리스 정교의 사제였던 계율에 따라 절제의 미덕이 온몸에 배여서 피와 살이 조화를 이루어 계율을 지키던 에리나도 절제가 완전히 무너진 상태로 기어들어간 곳이 그래도 고향 마을, 부모 품이었던 것이다.

그렇게도 당당하고 건전했던 이들이 이처럼 처참하게 무너진 것은 불과 십여일 전이었으니 백혈귀의 위력이 얼마나 무서운지 가히 짐작이 되고도 남는다.

따스한 햇살이 서서히 기울고 떠나는 저 맛에 겨우 샛노랗게 불타는 나뭇잎 사이로 창문을 뛰어드는 석양이 비케즈 호수의 물안개에 걸려 견우 직녀가 만나게 다리를 놓고 있었고 요한 모소바가 양떼를 몰다가 돌아와 세수를 하고 요약한 저녁기도를 준비하여 정원에 들어서는 순간 낯선 두 얼굴에 깜짝 놀라 안정을 못하고 소리를 지른다.

"여보, 스잔나! 스잔나, 여보!"

평생에 한 번도 들어보지 못한 남편 요한 모소바의 다급한 목소리에 저녁 준비를 하다 정원으로 달려 나오는 스잔나.

"여보, 저기 저기 누구야?"

달려나오던 스잔나도 걸음을 멈추고 장승처럼 우뚝 선다.

"저게 누구야?"

수백 년 묵은 살구나무에 기대어 쓰러지듯 버티어 서 있는 두 귀신, 스잔나와 요한 모소바는 구십 평생 온갖 고생, 볼 것 못 볼 것을 겪으며 살아 왔지만 이 같은 광경으로 놀래 보는 것은 처음이었다.

비가 오나 눈이 오나 늘 친구같이 서 있는 살구나무에 두 귀신이 버티고 서 있는 것이다.

"거기 누구, 누구얏…… 이름을 말해봐."

요한 모소바가 소리친다.

"누구시오? 사람이요? 도깨비요?"

"어머니! 저 에리나……."

에리나는 땅바닥으로 쓰러지고 만다.

"에리나!"

"우리 에리나란 말이야?"

"네, 에리나 맞습니다. 요한 에리나요."

마침내 두 노인들은 달려들어 에리나를 안고 방으로 들어간다.

이 노인들은 다급한 사정에 쏠려 계오린은 안중에 없다. 안으로 들어오라는 말도 없이 에리나만 안고 들어간다.

"이게 어찌 된 일이냐? 에리나 정신 차려!"

"얘, 네가 이 지경이 되다니 무슨 영문이냐? 에리나 정신 차려."

두 노인은 구부정하게 늙은 체구를 굼실굼실 이리 저리 움직이며 에리나의 얼굴을 닦고 물을 먹이고 비상약을 찾아 떠 먹이고 한바탕 소란을 피우다가 에리나가 잠든 듯 호흡이 고르게 되자 그때사 살구나무로 더듬더듬 나온다.

그러나 그들이 살구나무 밑으로 왔을 때는 꺼져 가는 의식을 간신히 지탱하던 계오린도 기절해 쓰러져 버린 후였다.

"이봐요? 누구시오? 정신차려 봐요."

꺼져 가는 계오린의 의식 속에는 꿈결처럼 백발 노인이 뒤따라오며 자신을 부르기는 하는데 아무리 돌아서려 해도, 대답을 하려 해도 바람에 날려가듯 자기 생각대로 되지 않는다.

"여보, 이 사람은 죽었나 봐요. 맥박은 있는데."

"죽긴 기절했겠지."

"맥박만 뛰지 죽었잖아요. 죽었어요."

"우선 방으로 옮기지요. 여보 당신이 도와주세요. 남자인가 봐."

"사내요?"

두 노인들은 낑낑 있는 힘을 다 모아 간신히 에리나 옆에 뉘었다. 그리고 에리나처럼 응급조치를 취한다.

얼마 전에 다녀갔을 때만 해도 그렇게 튼실하고 당당하고 분명하여 두 노인이 가장 신뢰한 큰 딸 에리나가 이 지경으로 돌아오다니……, 두 노인은 그 영문도 모른 채 기가 막혀 한탄할 겨를도 없이 응급조치에 정신이 없었다.

두 사람 모두 잠이 들어 한숨 깊이 잠에 빠졌다.

그때서야 두 노인들의 심장은 뛰기 시작한다.

어찌된 일일까? 무사히 깨어나겠지? 저 사내는 누구란 말인가? 몰골을 보니 동양인이 분명한데 이게 어찌된 경우일까?

두 노인은 마주 보며 말이 없다. 우선 뛰는 가슴을 진정하려 애를 쓴다.

그러는 동안 시간은 흘러 밤이 깊어졌다.

한 폭의 서양화 그대로인 비케즈 호수 언덕 비케즈스 마을은 고요히 잠들어 있고 요한 모소바 저택 빨간 지붕에 눈썹달이 걸려 미궁의 다음 세상 전경을 펼쳐 보이고 있다.

요한 모소바는 벌써 지쳐 잠이 들었어야 하는데 마음을 가다듬고 기도를 하다가 이 두 사람의 잠든 표정을 살펴본다. 그때였다.

계오린이 팔을 휘저으며 험상궂은 표정을 지으면서 몸부림을 친다.

"에잇, 위라크라 너를 살려둘 수 없어. 에잇 이 백혈귀 악마 앗! 네가 늑대로 변한다고 해서 물러설 수는 없어. 이 시대의 재앙 악마. 나는 너희를 꼭 격퇴시킬 시선이란 말이야. 에잇 죽어봐 얏!"

계오린이 남자가 허공을 나는 듯 양팔을 벌리고 좌우로 몸짓을 한다.

이 광경을 지켜보고 있는 요한 모소바의 머리에 스쳐 지나가는 영감은 아주 위중한 충격에 잠시 넋이 나가 버리고 말초 신경이 마지막을 장식하는 동작을 되풀이 하는 것처럼 받아 들여졌다.

'무언가 있기는 있어. 그게 무엇일까? 위라크라 이름을 거명했지. 위라크라? 아니 드라큘라와 무슨 함수관계가 있나?'

옆에서 꾸벅꾸벅 졸고 있는 아내 스잔나를 뉘이고 요한 모소바는 계오린의 잠꼬대를 유심히 지켜보며 체크를 한다.

'앗, 독수리야, 독수리. 저 날카롭고 거대한 뿌리 저 무시무시한 발톱. 이제 꼼짝없이 위라크라 너는 독수리 밥이야. 너의 그 탄탄하고 매끄럽고 백옥 같은 살신을 송두리째 쪼아먹을 거야. 악마야.'

마침 그때 딸 에리나가 잠꼬대를 한다.

"계오린, 계오린 선생님 조심해요. 안돼 안돼 내가 살려야 해……."

에리나가 잠꼬대를 하면서 누군가를 구조하는 몸짓을 한다.

요한 모소바는 이들 귀신 같은 몰골들의 잠꼬대가 범상치 않다는 데 초점을 맞추고 자신의 뇌리에 번개처럼 번쩍이는 직관을 종합해 본다.

'드라큐라' 5백년 전 원귀가 되살아났단 말인가?

드라큐라는 붉은 피를 원했는데 지금은 그때처럼 정복의 욕망을 충족하려는 전쟁으로 살생을 일삼고 있지는 않은데…….

이데올로기의 냉전이 와해되면서 자본산업문명이 주도권을 잡는 세상, 문명의 이기가 첨단을 달리는 전자전쟁시대가 아닌가? 소위 말하는 디지털 전쟁. 그 뿐만이 아니지. 빵 문제에 다소 여유가 생긴 틈을 타 육체의 향락과 자극문화가 기형적으로 팽창하는 하루살이 문화의 토네이도가 휩쓸고 돌아가는 소용돌이에서 구사일생 살아 나왔단 그 말인가?

요한 모소바의 생각은 여기에서 라이트를 켠다.

'보인다. 무엇이? 아니, 그 실체가.'

미쳐서 행복한 자극에 길길이 날뛰며 괴성을 지르다가 기력이 소진하여 사그라드는 불꽃. 그 언저리에 너저분하게 널브러져 있는 타다 남은 잔해. 그런데 이상하게 분명한 실체를 구분 진단하기엔 객체가 문제다. 반드시 불꽃은 붉어야 하는데 끈적끈적한 백색이라니. 그것이 도대체 무얼까?

한편 계오린은 불덩이 같은 신열과 헛소리로 사경을 헤매는데 드라큐라 성에서 위라크라와 사투를 벌린 필름이 재생되고 있다. 필름을 우수한 기계에서 재생하면 실제 상황보다 더욱 선명한 느낌이 든다. 뿐만 아니라 경황중에 미쳐 놓쳐 버린 미세한 부분, 충격적이고 잔인한 구석 구석을 샅샅이 볼 수 있듯이 지금 계오린은 너무나 무섭고 잔인한 장면등을 몸소, 그 혼이 겪고 있다.

늑대로 변해 버린 위라크라와의 결투, 날카로운 발톱에 찢기고 물어뜯기에 만신창이로 싸우다가 천만 요행으로 덮치는 늑대 몸의 중심을 역이용, 천길 낭떠러지로 빙빙 돌며 내리꽂히고 있는 순간이었다.

인간 힘으로 치솟은 피가 정지되어 파아랗게 질린 표정에 속오름이 솟고 있지만 떨어지는 야릇한 쾌감이 그대로 나타난다. 이러한 계오린의 변화를 지금 오한 모소바는 한 순간도 놓치지 않고 포착하고 있다.

빙빙 돌며 내리꽂히는 백옥 같은 위라크라의 육신을 무지하게 큰 독수리 발톱이 목덜미를 낚아채면서 먹이 동굴로 옮겨가고 있다.

계오린의 혼은 독수리를 따라간다. 거기에는 먹이를 목매 기다리는 새끼 독수리가 수 십 마리 있지 않는가? 어미 독수리가 위라크라 육신을 내려놓자 그렇게 섹시하고 아름답던 몸둥이는 처참하게도 순식간에 강제 해체되는 광경을 지켜보는 계오린의 혼은 공포의 잔인성에 몸서리치며 떨고 있다가 인간 본능의 애증과 허무에 눈물을 떨구고 있다.

또 한편 에리나는 백혈귀의 그 잔인하고 힘센 늑대에게 속수무책으로 짓밟히고 있는 순간의 표정이 노정되면서 허공을 휘젓고 있는 연기에서 심층으로 달려가던 요한 모소바는 이들이 백혈귀에 기습당한 피해 영혼이란 사실을 직감하게 된다.

그런데 그가 살아 온 경험에서 이들이 운 나쁘게 백혈귀의 희생물이 되기까지는 원인이 있을 것인데 그것이 문제였다.

평소에 큰 딸 에리나의 인생철학으로 이루어 보았을 때 시대사조가 급박하지만 왜 내 딸이 희생되어야 했을까?

'저 동양 남자 때문에?'

요한 모소바의 머릿속에는 다시 갈등이 소용돌이치기 시작한다. 시간은 언제 25시간이 지나 어제와 똑같은 석양이 창문에 뛰어 들고 있다.

희열과 분노, 사랑과 증오, 공포와 충격, 연민과 슬픔, 고통과 체념 등. 계오린의 변화무쌍한 영혼을 낱낱이 지켜본 요한 모소바는 이들을 시대 조류의 희생물이며 돌이킬 수 없는 가슴치는 고통이지만 운명으로 귀결짓는다. 그러나 어버이로서 그보다 자연질서와 인간본연의 환경파괴를 재원으로 하는 오늘날 산업생산문명, 황금만능주의, 하루살이 자극문화의 팽배를 방관한 자신의 여죄임을 통탄하며 이들을 백혈귀의 중독에서 탈출시킬 수 있는 방법이 없는가에 골몰하기 시작한다.

그러나 무슨 수로 저들의 영육이 갈구하는 백혈을 공급하는 방법이 무엇이며 발정을 하는 순간에는 무작위 상대를 공격할 터인데 이 노릇을 어찌 한단 말인가?

후자는 철저하게 격리시키는 물리적 방법이 가능하지만 전자에 대하여는 아무리 생각해도 대책이 없다.

'이 노릇을 어떻게 하면 좋단 말인가? 오— 하늘이시여, 땅이시여, 앙신의 지혜를 나에게 빌려주시오.'

요한 모소바는 오직 자신의 죄업으로 돌리고 노구를 이끌어 임시 조치로 골방에다 철책을 보완하여 이들이 그들 뜻대로 돌아다니거나 달아나는 것을 통제하는 수단을 강구했다. 그리고 양을 잡아 육체의 기본원기를 중심으로 회복을 시도했다.

'이들의 원기가 회복되면 발정이 심할 텐데……'

염려는 수백 년의 전설에서 그리고 문헌에서 전해 오는 행인(杏仁)과 마늘을 준비했다.

에리나가 여성으로서 성숙해질 무렵 위급 처방으로 살구씨와 마늘 세쪽을 지니고 다니도록 한 것은 바로 요한 모소바였다. 그리하여 계오린에게 마늘 세쪽을 비상용으로 쓰라고 권유한 에리나의 지혜는 다름 아닌 아버지의 가르침이었으니 어쩌면 요한 모소바는 이 사건을 미리 예견했다는 이야기가 된다.

요한 모소바는 그리스 정교가 왜 생겨났고 자신은 사제가 된 까닭을 살피기 시작한다.

그리스의 역사는 유구하다. 그리고 역사의 중심에서 피로 점철된 기록을 가지고 있다. 지구상 고대문명은 강을 중심으로 일어났기 때문에 자연적이라 하겠다.

황하문명이나 나일강 이집트 문명, 간디스 문명, 잉카문명을 들고 있지만 티그리스 강과 유프라테스 강의 유역에서 맹위를 떨친 메소포타미아 문명은 중세 이후 가장 종교 갈등이 극심했던 소아시아와 유럽에 영향을 끼쳤다.

기원 전 500년경 찬란한 페르시아 문화를 탄생시켰고 나중에 유다교나 그리스도교에 영향을 끼친다. 페르시아 제국은 기원 전 330년경에 알렉산더 대왕의 원정으로 망하게 되지만 늘 문명의 변죽에서 원정의 통로가 될 수밖에 없었던 루마니아 땅은 그들의 흥망성쇠에 영향을 받을 수밖에 없었다.

중세 이후에 들어서면서 게르만 민족의 대이동, 노르만족의 활동, 러시아의 건국, 동로마 제국의 비잔틴 문화, 봉건제도와 그리스도교의 세력 등 유럽이 소용돌이로 변혁이 일어날 때도 역시 루마니아는 변죽에서 영향권에 있었던 것이다.

봉건제도는 각 나라에 왕이 있고 그 밑에 제후가 있고, 또 그 밑에는 기사가 있었다. 왕은 제후들에게 땅을 나누어 주고 다스리게 하니 그것을 봉토라 하였다.

제후는 이 땅을 제후들에게 나누어 주고 기사는 농민들로 하여
금 경작케 하여 빼앗아 가는 제도인데 땅을 차지한 귀족을 영주
라 하고 제후를 대영주, 기사는 소영주가 되었는데 조선시대 제
도와 비슷한 계급제도였다.

이처럼 유럽 봉건제도는 조선의 대지주 저택 옆에 초라한 농민
의 초막이 모여 마을을 이루었던 것처럼 농노제도에 바탕을 둔
제도였는데 조선 봉건 세습제도에도 봉주의 허락없이 마음대로
결혼도 할 수 없고 옮겨가 살 수도 없었던 풍습으로 젖어온 삶의
멍에였던 것이다.

그때 로마제국에서 국교로 기반이 다져졌던 그리스도교는 민족
이동의 혼란기를 겪으면서도 꾸준한 발전을 거듭하였다.

그러한 그리스도 교회가 서쪽의 로마교회와 동구의 콘스탄니노
플 교회로 세력이 나누어지는데 정치권력에 따른 것이었다.

로마 교회 우두머리를 로마 교황이라 하고 예속된 교회를 지배
했다. 교회의 세력은 오히려 왕위에 있어 왕이나 영주들이 다투
어 교회에 토지를 바치게 되는데 주교나 신부 등이 성직자라며
일반 영주와 같은 지위를 누리게 된다.

많은 성직자를 거느린 로마 교황은 그 위세가 당연히 왕을 앞섰
다. 이렇게 세력이 비대해지자 내분이 생겨 교리를 핑계로 로마
가톨릭교와 동쪽의 콘스탄티노플 교회를 중심으로 그리스 정교
로 분리된다. 이때부터 대립은 시작되고 결국 서유럽과 동유럽으

로 세력이 뻗쳐 나가는데 루마니아는 동유럽에 위치하고 있다.

아시다시피 종교는 순수한 신앙을 위하여 세워진 것이다. 그러나 교회가 세력확장을 함에 따라 소위 성직자들이 재산과 금, 은, 보물을 모으고 부패해지므로 자연히 권력을 눈에 보이지 않게 휘두르게 되는 것이니 신자들 중에는 물질적 욕망이나 권력의 야망을 떠나 수양에 힘쓰는 것을 올바른 길이라 믿는 사람들이 나타나고 그들이 수도원을 만들고 집단으로 생활을 하면서 일생을 신앙에만 몰두하는 일도 생겨났다.

이와 같은 수도원의 기원은 6세기 이탈리아 베네딕트라는 사람이 연 몬테카시노 수도원이 그 시초였는데 수도하는 사람들은 복종, 청빈, 순결의 세 가지를 중하게 여기고 기도와 근로를 생활화하여 경작과 노동, 그리고 귀중한 자료 보존과 책을 베끼어 보존하는 데 힘썼던 것이었다.

루마니아에도 이러한 수도원이 보존되어 그 맥을 이어오고 있어 이번에 계오린이 순방한 곳들이 수도원 또는 제후의 궁전 등이었음은 두 말할 필요가 없다.

그러함에도 부와 세력을 지향하는 교회가 부흥으로 오도되고 그들 세력이 세상 여론을 주도한 결과 신앙의 의식은 부패 일로로 치달아 수도정신은 압사되어 숨도 못 쉬게 되어갈 뿐이었다. 그것이 옛날이나 오늘이나 마찬가지니 어찌 되려나!

드디어 십자군 전쟁의 살생 속에 신의 이름으로 야만적인 악마가 마치 구제주 행세를 하면서 인명을 무참히 살상하게 되고 소용돌이는 꼬리에 꼬리를 물고 죽이고 죽이는 전쟁을 일삼았던 피의 문화를 대변했던 드라큐라가 루마니아 성주였다는 데는 작가의 심오한 역사적 배경의 추리가 있었던 것이었다.

요한 모소바의 추리가 여기까지 미치자 번개치듯 스치는 영감에 백혈귀의 출현이 너무나 당연한 귀결이란 결론이 내려지는 것이었다. 요한 모소바는 주먹으로 가슴을 탕 치며 숨통이 뚫리는 감동을 느낀다. 어쩌면 사랑하는 딸과 저 동양인을 구원할 수 있으리라는 희망이 보였기 때문이었다.

아라비아 반도에 알라신의 대제국 이슬람교가 일어날 때도 비슷한 천기였다. 예언자 모하메드도 메소포타미아 등을 여행하면서 세태를 읽었고 '코란이냐? 칼이냐?' 포교를 위하여 정복의 손을 뻗친 것은 시대의 현상에 부응함으로써 조류의 물살을 탈 수 있다는 논리였을 것이다.

이러한 종교의 갈등 속에서 수많은 피가 타의든 자의든 휩쓸리는 대기권의 자연 질서처럼 비 오듯 쏟아야 했던 만물의 영장인 인류 역사를 되돌아보면 해답은 단 하나이다. 위선의 탈을 쓴 욕망 때문이다.

그 욕망은 육신의 지상 제일주의 때문이 아니던가? 첨예하게 끝없이 치닫고 있는 육신의 쾌락은 인류를 지옥으로 몰아가고 있음이 분명했다.

요한 모소바가 정교에 몸담게 된 것은 일찍이 이러한 깨달음이 있었던 것이었다.

꼬집어 로마 가톨릭은 어떻고 그리스 정교는 어떠하다 결론을 내릴 수는 없지만 우선 득세한 가톨릭이 부패 일로에 서 있을 때 우리는 너희들보다 기도와 근면 순결을 앞세워 따로 떨어져 나왔다고 그는 믿고 있기에 그리고 정교만이 자신이 갈 길이라. 지금도 믿고 있는 것이다. 그가 루마니아 북쪽 산악지대 비케즈스 마을에 정착하게 된 까닭을 그리스와 동유럽의 근대사에 근거를 두고 생각한다.

외세의 침략과 정변 속에 피가 마를 날이 없는 역사를 엮어 온 그리스는 19세기 신 헌법을 제정하고 그것을 바탕으로 민주 체제의 확립과 국가발전의 길을 다져가기에 여념이 없었다.

그러나 그것은 희망 사항일 뿐 평화는 도래하지 않는다. 특히 이웃 터키와 원수로 엮어지는 역사의 운명은 누구도 점칠 수는 없었지만 지리적으로 불가분의 운명에 놓여 있었던 것이다.

요한 모소바는 근대에 이어 현대 그리스의 역사를 조명하기 시작한다. 정치적으로도 경제적으로도 안정을 되찾아가던 그리스는 아직도 크레타 섬과 마케도니아를 중심으로 한 영토문제가 커다란 과제였으나 크레타 혁명(1896~1897)과 마케도니아 전쟁(1904~1905)은 그리스 민족 통일에 대한 염원의 분출로 표현되었다. 하지만 군비 부족과 군사작전의 실패로 그리스는 패배하고 말았다. 대신 이를 기회로 국내적으로 경제, 사회, 민족 문제를 해결할 수 있는 기구의 확립을 요청하게 되었다.

그 결과 정부의 약화와 정책 실패를 들어 1909년 아테네의 구 디지역에서 쿠데타가 일어나게 되고 자르바 장교를 중심으로 한 군부세력은 구정권을 무너뜨리고 크레타 섬 출신의 베니젤로스를 수상으로 내세워 근대화 정책을 추진하였다. 베니젤로스는 1910년부터 1935년까지 수상직에 있으면서 외교능력을 발휘하여 터키 지배 하에 있던 그리스인 거주 지역의 해방을 도모하였다.

이렇게 그리스의 국민들은 영토 회복과 민족성 회복에 한 뜻을 모았다. 1912년부터 1913년의 발칸 전쟁은 터키로부터의 발칸 민족의 자유 획득과 독립을 위한 것으로써 전쟁 전반에는 그리스, 불가리아, 세르비아가 동맹을 체결하여 터키와 전쟁을 하였는데 터키는 동시에 여러 나라와 싸움을 지속할 만한 전력을 갖추지 못하였기에 단기간에 동맹국의 승리로 끝났다. 그리스는 이 전쟁으로 데살로니카, 이오안니아, 사모스 섬, 히오스 섬, 미틸나니 섬을 되찾았다.

그리고 크레타 섬도 그리스 자치구로 인정받게 되었다.

다시 시작된 발칸 전쟁 후반은 그리스와 세르비아가 단결하여 대부분의 마케도니아 지방을 점령하고 있던 불가리아와 전쟁하였는데 여기서도 그리스군의 승리로 끝났다. 그리스와 세르비아는 부카레스트 조약(1913)을 체결하여 마케도니아를 나누어 가졌다. 이로써 발칸 전쟁 전후반을 걸쳐 그리스는 카발라에서부터 서쪽 마케도니아 지역까지 차지하게 되었다. 이와 때를 같이 하여 그리스 정교 사제가 루마니아로 진출하게 되고 요한 모소바 사제는 후발로 1933년 젊은 청년시절에 이곳으로 이주 선교한다.

제1차 세계대전(1914~1918)이 시작되자 그리스는 대전의 참가 문제를 둘러싸고 국왕과 수상이 대립하면서 내정의 위기를 겪게 되었다. 결국 콘스탄티누스 국왕이 퇴위하고 제2왕자인 알렉산드루가 그리스 국왕이 되었고 참전파인 국왕에 의해 1917년 그리스는 대전에 참가하여 독일과 교전을 벌였다. 그 결과 콘스탄티노플 근교까지의 트라키 지방이 그리스 영토가 되었고 5년간 기한부이긴 하지만 터키의 스미르나 지방도 그리스 관할이 되는 영토 확장의 기회가 되었다. 하지만 대전 후에 도데카니사는 이탈리아에, 그리고 키프러스 섬은 영국의 지배하에 놓이게 되었다.

1919년 터키에서는 케말 무스타파를 중심으로 한 민족 혁명이 일어나서 술탄 정부가 타도되었고 터키의 스미르나 지방에 군대를 파견하고 있던 그리스는 이 지방을 고수하기 위해 케말 정권과 싸우지 않으면 안 되었는데 이탈리아나 프랑스는 소아시아에서의 자국의 이익을 생각하여 지원에 나서지 않았으며 소비에트는 새로운 터키 정부쪽으로 돌아서는 바람에 그리스를 지지하고 나선 나라는 영국뿐이었다.

이런 상황에서 다시 국내 선거에 의하여 베니젤로스 수상이 실각하고 콘스탄티누스 국왕이 권좌에 올랐다. 그리고 터키와의 싸움은 계속되었으나 터키의 우세를 깨달은 그리스의 지원국인 영국은 지원을 중단해 버렸다.

마침내 1922년 터키군은 스미르나에 쳐들어와 마을을 불태우고 그리스인을 살해하였다. 그 후로 스미르나는 다시 터키의 지배하에 놓이게 되었고 고대로부터 소아시아에 정주해 있던 그리스인은 난민이 되고 말았다. 이 싸움의 결과로 로잔 조약(1923)이 그리스와 터키간에 체결되었는데 트라키와 스미르나 지구는 터키의 영토가 되었고 그리스 국내에 살고 있던 그리스인의 강제 교환이 이루어졌다. 이 조약은 현재까지도 유효한 상태다.

이 터키와의 전쟁에 패한 콘스탄티누스 국왕은 군부의 대두와 함께 실시된 총선거에서 패하고 왕정제가 폐지되면서 퇴위하게 되었다. 하지만 그 후에도 정치가 불안하자 1935년에 다시 왕정제가 부활하였고 콘스탄티누스 국왕의 아들 게오르기오스 2세가 왕위를 잇게 되었다.

왕정제의 부활로 사회의 혼란을 바로 잡으려 했으나 혼란이 조정되지 않아 1936년에 또 다시 총선거를 실시하지만 이것 역시 결정적인 해결책이 되지 못하자 게오르기오스 2세는 메타크사스 장군을 수상으로 하는 군사 정권을 세우고 정치 질서를 회복하고자 시도했다.

메타크사스 정권은 파시즘에 가까운 사정을 취하였다. 이 무렵에 때마침 제2차 세계대전이 발발하였는데 그 때까지 영국으로부터 정치적 경제적으로 막대한 영향을 받았으며 국왕이 영국 사람인 데다가 그리스 국민들이 파시스트를 싫어하는 이유로 메타크사스는 독일, 이탈리아 편에 가담할 수가 없었다.

1940년 프랑스는 독일군의 점령하에 들어갔고 이탈리아는 그리스에 대해 이탈리아 군의 자유로운 그리스 통과를 요구해 왔으나 이를 거부하자 양국은 교전 상태에 들어가게 되었다. 그리스군은 한때 승세를 잡으면서 용감하게 싸웠으나 1941년 독일군이 들어오면서 전세는 역전되어 독일, 이탈리아 군에 의한 그리스의 점령시대가 시작되었다.

이때에 요한 모소바는 조국 그리스가 피점령국으로 신음하고 있을 때 그리스 정교의 사원을 떠나 이곳 비케즈스 마을을 개척하면서 근면, 절약, 순결의 모범을 솔선하며 언행일치로 참신앙의 사표가 된다. 그리하여 비케즈스 지방에서는 존경받는 어른이 된다. 비록 사원은 없지만 비케즈 호수를 중심으로 비케즈산 설봉까지도 그의 영향이 미치고 있었다.

1941년부터 1944년까지는 그리스 민족에게는 혹독함을 당한 점령기였다. 전에 없는 고통속에서도 그리스인은 끈질긴 저항의식을 뿌리내리고 침략자에 대해 게릴라전으로 대항했고 이에 히틀러 군대에게도 적지 않은 타격을 주어 독일 패배의 원인이 되기도 하였다. 또 독일군에 의한 점령하에서는 그리스의 민족해방전선 인민해방군 등이 조직되기도 하였다.

그런데 독일, 이탈리아 점령하에서 결성된 게릴라 조직내 특히 민족해방전선과 민족사회해방과의 사이에는 극단적인 이데올로기의 차이점이 있었다. 그리고 이들 조직이 근간이 되어서 제2차 세계대전 이후 그리스 국내에서 우익(친국왕)파와 좌익으로 나뉘어 내전(1946~1949)을 하기 시작하였다.

영국은 그리스 내전에 손을 쓸 수 없게 되자 미국의 개입을 요청하게 되었고 이에 미국은 트루먼 독트린으로 그리스 보호에 나섰다. 발칸 반도 대부분의 나라들이 소련측에 가담하고 있기에 어떻게든 동 지중해에 세력을 확보할 필요가 있었던 미국은 그리스 내전에 힘을 기울여 결국 우익을 승리로 이끌게 하였다.

미국은 이전부터 루마니아에 손을 뻗치고 있었으나 이것을 계기로 크게 영향력을 뻗쳐 루마니아에서는 추종세력보다 반미감정이 고조되고 있었다.

1946년부터 다시 왕정제가 열려 게오르기오스 2세와 보수 세력이 이끌어 갔으나 이 반혁명적 정권은 국민의 호응을 얻지 못한 채 외국의 영향을 많이 받게 된다.

정치 불안이 고조되고 국정이 제자리를 못 찾자 군부는 1967년 쿠데타를 일으켜 파파도폴로스 장군을 수상으로 하는 군사정권을 수립하여 7년간의 정권을 이끌지만 민중의 지지를 얻지 못한다. 결국 1974년 키프러스를 둘러싼 터키와의 정책에 실패한 군사정권은 국내에서의 학생운동에 대처하지 못하고 민정에 정권을 이양한다.

1963년부터 카리만리스가 국외 추방에서 돌아와서 국민투표로 결정된 그리스 공화국을 세운다. 1980년 그리스는 NATO에 복귀하고 81년에 정식 EC가맹국이 된다.

1981년에 실시된 총선거에서 보수 세력이 물러나고 파파안드레오스를 수상으로 한 혁신 정당인 전 그리스 사회운동(PASOK)이 정권을 이어 받아 오늘날에 이르고 있다.

이렇듯 유구한 역사를 가진 그리스의 운명은 피로 점철되어 있다. 요한 모소바는 계오린의 고통을 지켜보면서 딸 에리나와의 관계 사건의 실마리를 파악한다. 그리고 오린 그가 자기 조국과 너무나 비슷한 한국 사람이라는 것과 위대한 시인이란 사실을 알고는 매우 경악했고 이해가 잘 되지 아니 하였지만 유별난 애착이 가는 것도 어쩔 수가 없었다.

그러나 백혈귀의 중독환자는 백혈을 갈구하는 인자의 발동 즉 발정을 일으키면 완전히 이성이 마비되고 수단과 방법을 가리지 않고 외길로 힘이 솟기 때문에 단순한 상태로는 그 힘을 당해 낼 장사가 없다. 다시 말해 마약(아편) 중독자와 같은 증상을 보이기 때문에 보호 치료가 매우 어렵다.

그럼에도 요한 모소바는 그들을 마을 사람과도 격리해 치료한 결과, 건강이 좋아졌으나 위기 촉발의 순간이 몇 번 있었다.

이를 이상히 여긴 마을 사람들의 눈치도 살펴야 하고 우선 그 위기를 강제로 제압하는 수단이 가해지면 환자들은 상상조차 할 수 없는 악몽에 시달린다는 짐작을 할 때마다 최선의 방법을 강구해야 한다고 결심을 한다.

요한 모소바와 스잔나 부인은 생애 최후의 난제를 만나 밤낮없이 경계의 눈초리와 안타까움, 재앙에 대한 증오 등으로 촌음이 여삼추 같다고 느껴졌다. 세월은 앞질러 이곳 비케즈 호숫가에 나뭇잎은 찬바람에 뒹굴고 인적도 점점 끊어져 가는 겨울이 되었다.

따뜻한 햇살보다 매서운 강풍이 몰아칠 때가 많아졌고 아침이면 는개가 호수를 삼켜 버릴 때가 많아졌다.

사람들은 푹신한 양털에 묻혀 외출을 하고 골짜기엔 하얀 눈이 두텁게 쌓여 간다.

때가 되어 부크레시티에서 한국의 대우자동차 회사에 근무하는 아들 도리스와 역시 한국 S전자에서 근무하는 둘째 딸 지이나가 가족과 함께 성탄절을 보내기 위하여 돌아올 때가 되어 간다.

요한 모소바 부부는 아직 이들에게 에리나가 와 있다는 사실을 알리지 않았다.

"여보, 내일 모레 일주일 후면 부크레시티에서 아이들이 올 텐데 특별한 음식을 준비해야 하지 않겠어요?"

"마침, 당신한테 의논하려 했는데……."

"네?"

"올 크리스마스 이브는 스잔나 당신이 부크레시티에 가서 아이들과 거기서 보내고 와요. 아무리 생각해도 그러는 것이 좋겠소."

"여보, 당신 지금 무슨 이야기를 하는 거예요? 얼마나 기다린 크리스마스인데요."

"그래도 마음이 안 놓여."

"마음이 안 놓이다니요? 뭐가 그렇게 불안한가요?"

"저 사람들……."

"저 사람들? 누구를 말씀하시는 거예요?"

"저기 에리나와 계오린 말이야."

"예? 지금 당신 머리가 이상한 거 아니예요? 에리나도 동생들이 얼마나 보고 싶겠어요. 동생들도 물론……."

"보고 싶겠지. 그러나……."

"그러나, 뭐요? 네?"

요한 모소바는 평생에 스잔나가 그토록 심하게 화내는 것을 보고 당황한다.

스잔나는 온후한 성품으로 성직자를 무척 존경하며 따르는 여성이었다. 요한과 만나 한 평생을 살면서도 남편을 하늘같이 존경하기에 말대꾸를 생략하는 착실한 여자였다. 그러한 스잔나가 얼마나 화가 났는지 입술이 파르르 떨고 있지 않는가?

"여보, 당신이 오해하고 있어. 아니 내 심중을 잘 모르고 있어."

"무엇을 말씀하고자 하는데요? 그렇게도 성탄절을 맞이하여

보고 싶은 부모 형제의 만남에 시간을 방해하는 부모가 이 세상 어디 있어요? 당신이야말로 무엇이 잘못된 거 아니예요?"

"글쎄 오해라니까."

"도대체 무엇이 오해란 말이에요? 그동안 에리나도 건강이 많이 좋아지지 않았어요? 그리고 계오린도 에리나와 사랑하는 사이인데 동생들과 못 만날 이유가 뭔지 말해 보세요."

요한 모소바는 온 몸에 식은땀이 흐르고 있다. 아내 스잔나가 에리나와 계오린이 백혈귀에 오염된 환자라는 사실을 설명, 납득하게 할 길이 없다.

요한 모소바가 추리한 바에 의하면 그들의 발정은 이성이 마비된 무시무시한 짐승의 위력을 발하는 사실을 아내에게 이야기해야 할지 하지 말아야 할지 판단키 어렵기 때문이었다. 만약에 스잔나에게 사실대로 이야기했다가는 아내는 쓰러져 회복이 불가능하리란 예감이 너무나 확실하기 때문이었다.

그동안 요한 모소바의 투철한 노력에 가려 스잔나는 그들이 단지 심한 말라리아에 걸린 것으로 알고 있을 뿐이었다.

이 일을 어쩌면 좋으랴! 요한 모소바는 절대 사실대로 알려서는 아니 된다는 쪽으로 얼버무려야 했다.

"당신, 그렇게 화낼 것 없어. 당신 하고 싶은 대로 해요."

"이 양반이 이랬다 저랬다 왜 그러세요?"

"내가 잠시 그런 생각이 들어서……."

"참, 이상한 양반이야."

스잔나는 요한 모소바가 이제 너무 고령이라 사리분별이 흐려져 있지 않나 걱정이 된다. 하기야 구십을 넘겼으니 그럴 만도 하지 그러면서도 이상한 생각이 자구만 뇌리에 맴돌고 있다.

'돌아가실 때가 되셨나? 그렇게도 인자하고 분명한 어른이 실수 한 번 없었는데……'

솔직히 스잔나는 불안했다. 그래서 이번 크리스마스는 더욱 뜻있게 보내야 한다고 마음을 정하고 여러 가지 음식과 이벤트 프로그램을 짠다. 한 평생 늘 사제의 가정으로서 율법에 따라 엄숙하게 보내던 밤을 올해는 가까운 이웃들과 피티도 준비한다.

요한 모소바는 이러는 아내의 태도에 몹시 불안이 가중되면서도 그전처럼 분명하게 주문하기에는 약해지는 마음을 어쩔 수가 없다.

그러나 요한 모소바는 설마 어떻게 되겠지가 아니었다. 위기촉발의 사건이 발생하는 것은 분명한 사실이었다. 다만 위기 대처를 위하여 아무도 모르는 비밀작전을 준비하는 수 밖에 없다라고 판단한 것이었다. 그가 어릴 때 명절이 돌아오면 색동옷을 기다리는 부푼 꿈은 하루하루 길게만 생각되게 하였지만 지나고 보면 어느 사이 지났는지 허무하기 이를 데 없던 생각들이 잔인하게 밀려온다.

VII. 최후의 만찬회

스잔나는 자기 부부가 살아 있을 때 또다시 온 가족이 모이는 기회는 어려우리란 생각을 한다. 특히 큰딸 에리나가 사랑하는 동양인 시인이 함께 한다는 것은 다시 있을 법한 날이 아니었다.

특히 스잔나는 예언자들이 말해 온 장차 세상을 구하는 성인은 동양으로부터 온다는 소문을 믿는 편이었다.

요한 모소바 역시 사제의 법에서 용납될 수 없는 유언비어로 흘려 보내면서도 서양은 동양보다 훨씬 자본산업문명이 지배하고 있다는 사실에 대해서는 부정하기가 싫었다. 그것이 무엇인지 분명하지는 않지만 아무튼 대변혁이 오고 말리란 믿음은 커져 갔다.

국제 공산당이 와해되고 이데올로기의 벽이 무너지면서 봄눈 녹듯 풀려야 할 인심은 더욱 경쟁 속에서 하루살이로 급변하는 자체가 자본산업문명이란 사실을 미처 몰랐던 것이다.

루마니아는 근대사의 변혁에 핵은 아니었지만 변죽에서 미묘한 영향을 받아왔다. 세계 제 2차 대전을 전후하여 독일과 이탈리아 그리고 일본의 동맹군과 미국, 영국, 프랑스, 그리고 러시아 그들 연합군의 전쟁 틈바구니에서도 미묘한 정세에 놓여 있었으나 미국 자본주의 영향이 크게 작용했던 것이다.

그러나 대전이 끝날 무렵에는 소련 공산주의 영향권으로 들어간다. 바르샤바에서 베를린의 장벽을 만들어 낸 이데올로기 분쟁이 극에 이르면서 체코슬로바키아 프라하 시가에 러시아 탱크가 무참히도 짓밟으면서 헝가리의 부다페스트도 삼엄한 첩보 전장이 되었다. 더욱이 우크라이나와 국경을 마주하고 있는 루마니아는 공산주의 지배에 놓이게 되었다.

집단 노동 협동작업과 집단 배식, 그리고 집단 숙소와 탁아소 등이 일률적으로 당에서 관리하는 소위 평등원칙을 부르짖으며 무시무시한 계급을 조장하는 설익은 공산주의가 루마니아를 지배할 때는 남녀간에 자유, 성 개방 문제는 생각할 수가 없게 되었다.

여자를 그리는 마음은 바로 부르조아적인 사상이며 공산주의 혁명에 역행하는 퇴폐사상이었다.

그러나 집단거주지 분리 칸막이를 두고 본능적 성교의 신음소리는 병명없는 전염병처럼 앓고 있었다. 이와 같이 웅크려 앓고 있던 전염병은 공산주의가 와해되고 자본주의의 퇴폐 문화가 밀려오면서 급속도로 분출되어 범람의 지경에 치닫고 있으나 직접 전쟁을 치르고 산업 경제 발전을 한 한국보다는 십여년의 차이를 두고 뒤쫓고 있는 현실이다. 그럼에도 루마니아 인은 '고요한 아침의 나라' '윤리와 도덕을 추앙하는 예의지국' 으로 알고 있다는 것이 순진할 따름이다.

디지털 전자산업이나 자동차 기술산업이 눈부시게 발전한 나라. 세계에서 손꼽히는 교역의 나라로 부러워 할 뿐, 황금만능의 퇴폐가 정신문화를 압도해 버려 강도 높은 치료가 필요한 실정을 그들은 모른다.

그래서 요한 모소바 부부는 아들 도리스와 딸 지이나가 한국 회사에 진출한 것을 산업기술의 선진화 뿐만 아니라 윤리 규범의 모범도 손꼽으며 상당히 만족하고 자랑스럽게 생각하고 있는 참이었다. 거기에다 우연히도 큰딸 에리나를 사랑하는 계오린의 출현은 대단한 행운으로 느끼고 있는 스잔나의 기쁨과는 정반대로 그의 절망에 가까운 요한 모소바의 심정은 답답하기만 하다.

지난 밤 내리던 폭설은 거짓말같이 그쳤다. 온 세상을 하얗게 단장한 아침 공기는 산뜻하다. 조각구름 한 점 없는 파아란 하늘에는 장엄한 태양이 솟고 있다. 차가우면서도 예리한 햇살이 비케즈 호수에 쏟아지고 비케즈산이 손에 잡힐 듯 가까이 와 있다.

"좋은 날씨야, 이 아이들이 일어났나?"

아침 일찍부터 눈길을 치운 요한 모소바는 에리나와 계오린의 방을 노크했다.

"좋은 날씨야. 일어들 났어?"

"네, 아버지 벌써 일어났어요. 설경이 너무 아름다워요."

"그래, 참 좋은 날씨야. 계오린은?"

"일어났습니다."

요한 모소바는 아내 스잔나에게 말도 안 되는 변명을 늘어놓고 비밀리에 이 사람들을 통제하고 있지만 그의 가슴은 미어지는 듯 아픔을 느낀다.

"못할 짓이야. 사람의 자유를 구속한다는 것⋯⋯."

혼자 되씹어야 하는 안타까움을 요한 모소바는 의논할 데가 없다.

'오늘 성탄절. 저희들이 만나면 모두 반가워 즐거워할 텐데. 어떻게 하면 잘 보낼 수 있을까?'

머리가 터질 것만 같다.

"어서들 나와 세수하고 아침 식사하자꾸나."

"정말 좋은 아침입니다. 아버지 오늘 동생들 다 오지요?"

"그래, 온다고 했다. 도리스와 지이나도⋯⋯."

"우리 역까지 마중 나가면 안 돼요?"

"아니야, 자동차로 온다고 했어."

"아버지 차로 마중 나가요, 그럼."

"아침 식사하고 생각해 보자. 어서들 와 식탁으로."

에리나와 계오린은 맨손체조를 하고 세수를 끝냈다. 그리고 가슴을 활짝 열고 양팔을 벌리며 심호흡을 크게 한다.

사실 이곳은 비케즈 호수 때문에 아침에는 물안개가 많은 편이다. 어젯밤 폭설이 온 때문인지 시리도록 푸른 하늘 맑은 공기가 하늘을 날으는 듯 상쾌한 기분을 느끼게 한다.

"에리나, 이런 기분 참 오래간만이요."

"저도요. 오늘 동생들이 모두 와서 성탄 축배를 들면 정말 멋질 거예요."

"나는 조금 떨리는데요. 동생들이 동양인을 좋아할까?"

"그럼요. 그들 모두 한국 회사에 다니잖아요. 그리고 지난 여름에는 견학 겸 연수차 한국에 한달간 머물다 왔다고 하던데요. 아버지께서."

"그래요. 그 참 잘 되었네."

"식민지 굴레에서 벗어나자마자 동족상잔의 이데올로기로 피비린내 나는 전쟁으로 완전 파괴된 나라가 눈부시게 이룬 산업문명, 기라성같이 즐비한 수십층의 아파트 주상복합건물 안에는 궁전 같은 백화점에 산더미같이 쌓아 놓은 고급 상품들, 호화찬란한 네온사인과 춤추는 불빛에 너무너무 놀랬답니다."

"그렇게도 좋다고 말하던가요?"

"어머니께서는 평생 아버지를 보좌하며 사시면서 항상 고지식하게 말씀하시는 분의 전언이니 가히 짐작이 가지요."

계오린은 용케도 두 남매가 한국 회사에 다니면서 대충 한국 실정을 알고 있는 것에 안도의 한숨보다 불안이 앞선다. 그들이 한달간이나 연수를 받고 왔다면 길거리에 가랑잎처럼 굴러다니는 전단을 주워 보았을 것이고 스포츠를 빙자한 온갖 퇴폐광고, 어느 날 갑자기 성의 자유가 아니라 성의 상품화 일등국으로 전락한 실정을 알고 있으리란 생각이 앞서기 때문이었다. 언제부터 출산기피 세계 제일등국으로 내몰려 가면서 성을 향락의 도구로 일삼는 의식은 어디에서 그렇게 쉽게 배워 왔는가? 봄날에 만개한 사쿠라처럼 이 삼일 밤 그 화사한 자태가 스포트라이트를 받으면 처참히도 쓰레기통으로 떨어져 내리고 말 하루살이 미녀들이 천평이 넘는 술집에서 피부를 팔고 있는 널브러져 있는 상점은 다행히도 보지 못하고 왔을까?

계오린은 이제 위라크라가 전문 직업인으로서의 스튜어디스가 아니라는 사실을 알았고 그녀가 인천공항까지 와서 자신을 범죄대상으로 삼았다는 것이 우연이 아니라는 생각을 떨쳐 버릴 수가 없다. 그래서 하늘이 천둥 폭우로 태풍을 몰아치며 크게 노했는지도 모른다.

백혈귀의 한국 원정은 반드시 성을 향락의 도구로 삼아 삶의 가치관이 추락한 한국 사회의 퇴폐말로를 예언하는 공포의 신호탄이 아닐 수 없다라고 생각이 거기까지 미치니 전신에 소름이 돋아난다.

"선생님 이렇게 좋은 날에 너무 심각해 보입니다."

"내가 그렇게 보여? 잠시 에리나 동생들이 어떤 사람들일까 생각했어."

"착한 아이들입니다. 지이나는 저보다 예쁘고요. 도리스는 선생님보다 키도 크고 잘 생겼어요."

"그럼 나는 어디 숨어야겠네."

"제가 있잖아요, 숨으실 것까지는 없어요."

"아무래도 숨는 것이 좋겠어. 이 몰골을 보이는 것보다는……."

"괜히 그러셔. 삐지셨나 봐요?"

정말 계오린은 숨고 싶은 심정이었다. 분명한 것은 자신들이 이미 백혈귀에 오염되어 있다는 그 사실을 알고 있다는 데 불안한 것이었다. 기가 발작을 하면 그 누구도 통제할 수 없는 이력을 계오린이나 에리나 스스로, 그리고 요한 모소바는 잘 알고 있는 사실이며 다만 스잔나와 그 외 사람들이 모르고 있기에 돌발적 사태를 안심할 수가 없다.

그럼에도 스잔나는 요한 모소바의 속내를 의심하지 않는다.

에리나와 계오린이 여기에 온 후로는 가급적 육식을 피하고 감자와 옥수수 스프에 양파전, 마늘 장아찌를 주식으로 먹었다.

동양인이 좋아하는 주식이라며 요한 모소바가 강조하는 대로 오늘 아침 식탁도 준비했다.

"크리스마스 아침인데 어떻게 그것만 준비해요? 칠면조를 잡으세요."

"아니야, 저녁 만찬에 준비하도록 하십시다."

"여보, 당신 참 이상해요. 에리나가 온 후로 육류를 금하고 있으니 말이요."

"별소리, 양을 잡아 보양시켰잖아요? 동양인은 육식을 좋아하지 않는다니까. 영양에는 별 지장 없어요."

"원기가 없어 보이잖아요? 그리고 오늘 같은 명절에도……"

"허허, 저녁에 모두 모이면 그때 먹도록 해요."

에리나와 계오린은 스스로를 알고 있기 때문에 병을 치료하는 차원에서 모든 것들을 아버지 요한 모소바의 지시에 따르려고 노력하고 있다. 그러나 아무리 그들이 자신들의 병을 알고 있어도 계속 양파와 마늘 위주로 먹는 식사에 고통이 참기 어려울 지경이었다.

이제부터 앞으로 백일만 잘 참고 견디면 중독증세는 상당히 호전될 것으로 요한 모소바는 믿고 있지만 이번 성탄절이 큰 고비가 아닐 수 없었다.

병명을 드러내놓고 조리를 한다거나 입원 치료를 받으면 조금은 쉽게 넘어갈 수가 있겠지만 누구에게도 말할 수 없는 한계가 있고 아직도 의학적으로 연구발표가 되어 있지 않은 상태에서 의사에게 의논한다는 것도 쉬운 일이 아니었다. 의사라고 해서 시대의 조류에 휩쓸려가는 정신문화를 바른 의식으로 살펴볼 의사가 있는지도 모를 일이다.

다만 요한 모소바는 그들의 증세가 말세에 찾아오는 정신분열로 육체의 욕구가 극대화 되면서 폭발하는 가공할 위력이 어떻게 생기느냐에 의문을 이론적으로 풀 길이 없다는 데 있다.

인간의 이성이 해이해지면 육체의 노예가 되고 육체는 감언이
설에 쉽게 넘어간다. 당연히 자기 생각에는 옳지 않은 일도 위력
이나 집단 위세가 옳다고 합장하면 '아니다, 틀렸어' 주장하려면
엄청난 모험을 생각하지 않을 수 없다.

가짜가 진짜 행세를 하는 세상에서 진실을 주장하다가는 그 사
회에서 왕따가 되든지 아니면 죽임을 당해야 하기 때문이다. 세상
에는 질서가 있고 법이 있지만 시민들의 의식이 이쯤 되면 질서가
있으나마나 법은 항상 억지와 엉터리를 옹립하게 되는 것이다.

요한 모소바는 위대한 철인 소크라테스를 심층적으로 연구한
적이 있다. 온 세상을 새하얗게 단장한 눈은 강렬한 햇살이 휘감
아 쪼이니 거짓같이 녹아내리고 있다. 높낮이 굴곡진 면이 황토
로 드러나고 질퍽거렸다.

"아버지, 제가 운전하겠습니다."

"길을 잘 알고 있느냐?"

"제가 왜 길을 모르겠어요? 아버지보다 제가 안전할 거예요."

"그래, 네가 젊으니 나보다 안전하겠지. 조심조심 운전해라. 베
케우(bacau)까지 나가보자. 아마 길이 나빠 기차를 타고 오는지
도 모르겠다."

구인승 왜곤에 에리나가 운전하고 그 옆에 계오린, 그리고 중앙
좌석에 요한 모소바가 앉았다. 그리고 스잔나는 집에서 음식요리
를 시작한다.

"여보, 조심히 다녀오세요."

"응, 루이스는 곧 온다고 연락왔어요?"

"네, 마리하고 바로 온다고 했어요. 어서 가보세요."

"아버지 외숙부와 외숙모께서 오신다고 했어요."

"음, 에리나가 왔다는 소문을 듣고도 와보지 못해 오늘 오신다고 했어."

"저희들이 먼저 찾아가 뵈야 하는데 죄송합니다. 아버지."

"글쎄다. 그래야 하는데 뭐 형편대로 해야 하겠지."

"아버지 죄송해요."

"그래 죄송하다만 어떻게 하겠니? 운전이나 조심해라."

에리나는 참으로 오래간만에 고향길을 달려본다. 칠퍽칠퍽 녹는 눈이 튀기는 하지만 낯설지 않은 고향길 운전이 매우 상쾌한 기분이었다.

은빛 왜곤은 비케즈 호수를 굽어 감돌며 미끄러지듯 달리고 있다. 에리나는 운전대를 잡고 차창에 스치는 나뭇가지에 만개한 설화가 맥없이 녹아 내리는 광경을 피할 수가 없었다. 그들이 이곳에 숨어들 때가 그렇게도 고운 색깔로 마지막 갈길을 노래하던 단풍잎이 어디론지 자취를 감추고 앙상한 가지는 떠나려는 설화를 붙잡고 눈물짓고 있다. 자연의 질서가 저러하거늘 아옹다옹 인생길도 허무하다는 생각이 스친다. 에리나는 자신의 생각에 스스로 소스라친다. 한 번도 죽음이란 단어에 머문 적이 없는 자신이 아닌가?

　앞 백미러에 하얀 백발에 주름 투성이인 아버지 얼굴이 비친다.

　아버지는 에리나의 뒤통수를 응시하며 심각한 생각들이 주름골로 흐르는 듯 애잔해 보인다. 골 깊은 눈시울에 눈물이 뻗치고 있지 않은가?

　운전대를 움직이고 있던 에리나를 주시하던 계오린이 스스로 소스라치게 놀란다. 에리나의 눈에서 닭똥 같은 눈물이 뚝뚝 떨어지고 있지 않은가?

　자동차가 미세하게 비틀거린다. 계오린은 아무 소리도 하지 않는다. 가슴이 찡하며 눈시울이 뜨거워지면서 이상한 소리가 들린다.

　"훠이, 훠— 이."

　위라크라의 비명이다. 독수리 발톱에 육신이 찢기면서 지르는 비명. 바로 그 소리다.

　계오린의 표정이 찌그러진다. 백미러로 앞좌석 두 얼굴을 지켜보던 요한 모소바는 스스로 소스라치며 질겁을 한다.

　"끼이익—."

　찰나 계오린의 비명과 함께 사정없이 미끄러지는 자동차. 이들은 모두 기절을 한다. 섬뜩한 비명과 공중에 정지한 자동차.

　한참동안 적막이 흐른다. 정신을 가다듬은 계오린이 재빨리 내린다. 계오린이 소리친다.

　"에리나, 에리나, 내 목소리 지금 들리는 거야?"

운전대에 머리를 처박고 있던 에리나가 한참만에 고개를 끄덕인다.

"절대 놓치면 안 돼. 지금 브레이크 밟은 상태에서 후진 기어로 바꿔. 바꿔서 그럼 그럼. 악셀레이트를 살포시 밟으면서 브레이크를 가만히 풀어봐. 응."

떨리는 수족으로 에리나는 계오린의 지시대로 동작한다.

서서히 뒷걸음한 자동차는 안전지대로 이동한다. 정차를 한 에리나는 아버지에게 다가간다. 그리고 기절한다.

형광등처럼 정신을 되찾은 요한 모소바는 침착하게 말한다.

"너희들 놀라지 않았느냐?"

"아버지 죄송합니다. 얼마나 놀랐습니까?"

"애들아, 낭떠러지로 떨어지는 줄만 알았다. 떨어지는 것을 보았거든."

이들은 차에서 내려 현장을 살펴본다.

좌측 앞바퀴는 허공에 있었고 세 바퀴가 자동차를 지탱했는데 마침 뒷바퀴에 주먹만한 버팀돌이 끼는 바람에 자동차는 거기에 멈춘 것이었다. 이것을 살펴본 에리나는 다시 숨이 정지하는 기분을 느끼며 휘청거린다.

잠깐 쉰 후에 서로 운전을 하겠다고 했지만 결국 에리나가 운전을 한다.

베케우 기차역에 도착했을 때는 도리스와 지이나는 기다리고 있었다. 서로 부둥켜 안으며 반가와 어쩔 줄 모르는 만남의 모습에 계오린은 문득 한국에 있는 가족 생각이 가슴을 메운다.

"어머니께서도 안녕하시지요?"

"그럼, 지금 너희들 음식 준비하고 계시지. 외숙부 내외도 와 계실 거야."

"누나는 언제 고향에 오셨어요? 보고 싶었는데."

"두 달 전에. 나도 무척 오늘을 기다렸단다."

"지이나는 너무 예뻐졌다."

"아무렴. 원래 내가 언니보다 예쁘잖아."

"요 깍쟁이……."

"인사해라. 한국에서 오신 계오린 시인이다."

"아, 네. 아버지께서 편지에 소개하신 한국 시인이시군요."

계오린이 먼저 손을 내민다.

"만나게 되어 반갑습니다."

"만나뵙게 되어 매우 영광입니다. 지이나예요."

"저두요. 도리스라 합니다."

"그래요 모두 생각한 대로 훌륭하십니다."

"제 생각과 똑같습니다. 저희들 한국에 대해서 많이 알고 있습니다. 지난번에 연수를 다녀왔습니다. 정말 아름다운 나라였어요."

"고맙습니다. 잘 봐주셔서."

"아니, 정말이에요."

"그렇군요."

"자 그럼 어서 돌아가자. 어머니께서 기다리시겠다."

"네 아버지 그럼 제가 운전할까요?"

"아니 지이나가 운전하겠다고? 너보다 도리스가 차를 많이 만지잖니?"

"아니에요 제가 잘해요."

"그러자. 지이나야."

지이나는 기차로 먼 길을 와서 피곤할 텐데 침착하게 운전을 잘하고 있다.

루마니아 올림프스 산악지역에서 흘러내린 물은 강을 이루고 그 강물의 대부분은 비케즈 호수로 흘러들고 있다. 강줄기가 호수로 접어드는 하구를 지나 지이나가 운전하는 자동차는 커브길을 구불구불 돌아들며 비케즈스 마을로 가는 허리길을 오르기 시작한다. 시리도록 쾌청한 하늘은 어느 사이 구름으로 흐려져 있다. 언제부터 하늘에 구름이 메워졌는지 아무도 모른다. 흐려진 하늘에는 비라도 올 것만 같이 땅 가까이 내려와 있다.

"아버지 저 모퉁이만 돌면 우리 마을이 보일 거예요. 저 고개가 제일 높지요?"

"그래 용이 승천하는 것 같다 하여 용천능선이라 하지. 너는 그것을 기억하고 있구나."

"아버지 저를 철부지 어린애로 아시네요. 제가 왜 용천을 몰라요!"

"객지에 나가 있으니 잊어버렸는지도 모르잖아."

"유년의 연골이 생성한 고향을 잊어버리는 사람도 있어요?"

"음 요즘은 많다고들 하더라."

"그래요. 아버지 지난 여름 한국에 연수갔었는데요. 한국은 지역갈등 때문에 모두 고향(본적지)를 없애 버렸다고 하더라고요."

"아니 출생지를 없애 버렸다구?"

요한 모소바는 정색을 한다.

"출생지인지 아무튼 본적지를 없애는 혁신작업을 끝냈다고 했어요."

"그런 나라도 있느냐? 계오린?"

계오린은 갑자기 당황하지 않을 수가 없었다.

지난번에 무엇인가 없애 버린다고 하였는데 그것이 본적지였는지 출생지였는지 모르기 때문이었다.

계오린은 그 정책에 큰 불만을 느끼고 있던 참이었다. 정치적 이유로 어머니 뱃속에서 처음 세상을 본 곳까지 기록 통제를 하라고 한다면 이 어찌 사람 사는 나라라 할 수 있겠는가 싶다. 뿐만 아니고 아주 간단하게 성격이 맞지 않는다는 이유로 이혼한 여자가 재혼하는 사생활에 문제가 있다 하여 핏줄의 성을 바꾸고도 개가하면 또 성이 바뀌고 10번 개가하면 열 번 성이 바뀌어야 한다면 그 아이가 정상적인 정서로 자라날 수 있을까? 그러한 와

중에서도 가난을 핑계로 남녀 쌍방이 자신들의 핏줄을 타고 태어난 생명을 미련 없이 버린다.

이게 어찌 사람이 할 수 있는 일이며 자기 몸뚱아리 하나 저대로 잘 먹고 잘 살기 위해서 핏줄을 유기한다면 그 존재가 어찌 인간이라 할 수 있겠는가? 하물며 짐승도 그렇게 하지 않는데.

"아니올시다. 아마 잘못 이해가 된 것이 아닌가 생각됩니다. 본적지(本籍地)와 출생지(出生地)와는 말의 뜻이 다릅니다. 출생지는 그 당사자가 태어난 곳이며 본적지는 본관(本貫) 또는 관향(貫鄕)으로서 시조의 고향을 일컫는 말입니다. 그래서 연고를 따져 쓸 데 없이 선거의 편가르기를 꾀하여 자기의 이익을 챙기려는 정치모리배를 뿌리째 뽑아 버리자는 뜻에서 자신이 사는 곳 어디서나 본적도 주민등록처럼 옮겨갈 수 있게 한 것이지 자연환경의 생태 기반을 이루는 태어난 곳을 아주 무시해 버리자는 것이 아닐 것입니다."

계오린은 장황하게 설명을 늘어놓지만 자신도 인류의 질서에 바탕이 되는 근본에 대하여 구체적인 이해와 교육이 없어 저질러지는 일은 반드시 죄앙이 따른다는 사실을 부정할 수가 없다.

출산 기피와 이혼 문제만 해도 이에 따른 인류질서에 얼마나 큰 죄앙을 예고하고 있음은 아무도 부정하지 못한다. 그래서 그 당사자나 사회 모든 시민은 당장 불행하고 또 불행해지고 있는데 일을 앞서 유도하고 저지른 것을 책임질 위인은 아무도 없다.

그러나 분명한 것은 이를 유도하고 저지른 사람은 반드시 지옥으로 간다는 사실이다.

진정한 인간의 기본 인격원에 기초한 자유, 평등을 옹호 발전시키기 위하여 영육을 바친 선구적인 희생자는 그들의 피땀으로 시민국가가 복지사회 즉 모두가 미래지향적인 잘 사는 시대로 나아가는 데 혼신을 바쳤다.

그럼에도 사악한 무리는 날로 늘어나고 혼탁한 사회질서는 시간이 갈수록 나락으로 추락하여 영혼은 죽어가고 백혈귀의 활동이 종횡무진 날뛰고 있어 그 죄업의 희생물로 진심의 시민 정신이 무참히도 희생될 수밖에 없을 것이다.

"지니아야, 그리고 도리스야."

"네, 아버지."

도리스와 지이나는 아버지의 조용한 부름에 정신차려 귀를 기울인다.

"동양은 일찍이 성인이 여러분 태어나셨고 인과성(因果性)과 인과율(因果律)을 중히 여겨 인과응보를 믿고 있는 사람들이야. 그래서 까닭을 모르고 처방을 할 리가 없고 미래를 미루어 살펴보지도 않고 함부로 행동하는 사람들이 아니다. 너희가 보고 들은 것은 거르지 않고 외국에서 밀수된 퇴폐 대중 문화일 거야."

지이나와 도리스는 아버지 말씀에 긍정도 부정도 하지 않는다. 그러나 그들은 자신들이 잘못 보고 들은 것으로는 생각지 않는다.

계오린의 얼굴에는 옅은 경련이 일어나고 있다. 에리나가 계오린의 표정에 신경을 곤두세운다.

계오린은 도리스와 지이나의 어투에 큰 의미를 부여한다.

저들이 오늘의 한국 사회를 똑똑히 본 것은 틀림없어. 그런데 비평보다는 부러워하는 눈치다. 그들의 생각은 너무나 당연한 것 아니겠는가? 물질 산업경제적으로 십여년 후진성에다가 우선 눈에 보이는 도로망, 물밀 듯 그 많은 자동차, 상점마다 가득한 물품, 흥청망청 쏟아 붓는 낭비의 멋. 오히려 저들보다 앞서 사는 길거리 채팅, 섹스산업, 정말 지상천국으로 느꼈는지도 모른다. 서양을 뺨치는 돈방석의 스포츠 영웅, 모델, 가수, 연기자 영웅, 카지노 복권 영웅, 한탕주의자의 지상낙원으로 변신한 한국 사회가 그들의 자극심리를 에드벌룬처럼 공중으로 날게 했을지도 모른다.

계오린의 시혼은 시선을 떠나 증오의 대상에서 춤을 추기 시작한다. 그때, 계오린의 귀에 들리는 환청!

위라크라의 공격 괴성이 들린다. 사이클을 점점 크게 볼륨이 올라가고 있다. 전신이 떨리기 시작한다. 오한이 엄습해 온다.

점점 겁에 질린 에리나, 계오린의 손은 꼭 쥐며 가만히 외친다.

"선생님, 선생님 왜 이러세요? 진정하십시오."

"저— 저 소리!"

에리나에게도 숨막히는 소리가 들린다. 구름이 땅바닥까지 내려와 지이나는 헤드라이트를 켜고 달린다.

"위이 위잉, 까르르."

뒤쫓아오는 소리.

귀신의 비명이 귓전을 스치며 큰 물체가 덮치는 듯 앞질러 간다. 한 순간 지이나의 운전대가 요동을 친다. 해덩이 같은 불기둥이 앞서 달아나는 순간 벼락이 딱 하고 섬광이 번쩍 차안으로 뛰어든다. 혼비백산하여 움츠린 이들과 운전대 잡고 굳어져 가는 지이나의 동작!

다시 한번 '딱' 하고 불칼이 내리치며 산산조각나는 소리.

"으악!"

지이나의 외마디 비명소리. 순간 모두는 기절하고 만다. 그래도 순간까지 정신을 놓지 않고 있던 요한 모소바가 뻣뻣한 고개를 앞뒤로 움직여 본다. 아무 이상이 없다.

지이나가 급정지하는 충격으로 부딪히기는 했지만 크게 손상된 곳은 없었다. 요한 모소바는 애들을 모두 흔들어 깨우고 지이나의 뺨을 가볍게 때린다. 지이나도 정신을 가다듬고 있다. 그러나 전방이 전혀 보이지 않는다. 요한 모소바는 내려 자동차를 살핀다. 급정차로 바퀴가 끌려갔을 뿐 노면에 시동이 꺼진 채로 정지해 있다.

'이상한 일이다. 천둥번개가 친 것은 날씨 탓인데 왜 그렇게 모두 놀래야 했을까? 앞은 왜 보이지 않는가?'

자동차 앞 유리를 세밀히 살핀다.

미세하게 부서진 파편들은 그대로 엉겨 붙어 있어 앞 유리가 박살난 사실을 확인하기까지 상당히 주의 깊게 살펴야 했다. 아무래도 요한 모소바는 눈이 침침하여 모두 나와서 살핀다.

"앗! 여기예요."

"지이나 무엇이 어떻게 된 거냐?"

"어디서 돌이 날라 와 앞 유리를 쳤어요."

모두가 본넷트 앞을 찾는데 골프공보다 약간 큰 차돌이 날아온 것이었다.

'이게 어디서 날아온 것일까?'

계오린과 에리나는 백혈귀가 던졌다고 직감한다.

그 악마가 자신들의 죽음을 조여오고 있다고 생각하니 금세라도 어디서 떠다밀 것 같은 공포가 엄습해 온다.

운전을 한 지이나는 불기둥처럼 앞지른 차가 큰 덤프 트럭이 아닌가 생각한다. 그러나 그는 그 말을 하지 않는다.

공장에 연락, 차 수리를 의뢰한 그들은 약 4킬로미터 정도의 지름길로 걸어와 집으로 향한다.

거기서 베케즈스 마을까지는 얼마 안 되는 거리이지만 목축하는 초지와 밭이 있는 농로이기 때문에 골짜기와 둔덕의 굴곡이 심한 허리길이었다.

아침에는 시리도록 맑은 호수에서 구름이 내려와 물안개와 맞닿아 보이는 것은 구름뿐이었다.

늦은 오후 아직도 석양이 있으련만 밤인지 낮인지 분간하기 어렵다. 겨울내내 먹일 초식동물의 식량으로 쌓아둔 마른 풀무더기와 같이 축사만 있을 뿐 주위는 적막하다. 그로부터 바로 산등성이를 넘어 안식의 교회가 있는데 시신을 안장할 때나 예배를 보는 곳이다. 그 주변에서 공유하는 공동묘지인 것이다.

그래도 여기는 국도에서 진입로가 포장되어 있고 포화상태로 들어선 묘지에는 여러 가지 형태의 꽃과 조형물을 영혼에게 바친 것들이 그대로 방치되어 있어 보기에도 을씨년스럽다.

엘리뇨 기후 이변이 여기까지 미치는지 간밤에 폭설이, 아침에는 쾌청했다가 지금 이 시간에는 겨울비가 내리기 시작한다.

수백년 내려온 늙은 공동묘지엔 형형의 표식이나 비석들이 너무나 낡아 축축이 비가 오는 때는 도깨비불도 피어날 때가 있어 혼자 지나오기에는 무시무시한 곳이었다.

그런데 오늘따라 눈이 녹지 않은 부분들이 어둠 속에서 마치 하얀 소복을 한 귀신으로 금방 출몰할 것 같은 음산한 기분은 누구 한 사람만 느껴지는 것이 아니었다.

"누나, 저기는 안식교회지. 왜 그것 알아? 초등학교 다닐 때 도깨비불에 놀라 집에까지 달려갔는데 혼비백산되어 책가방을 두고 갔었잖아. 나중에 아버지가 가져 오셨지."

"도리스, 너는 별것 다 기억하고 있구나."

"그럼, 그때 나보다 누나가 더 놀라 엉엉 울었잖아. 아버지가 누나 겁쟁이라 그랬지."

"그런 일이 있었던가?"

에리나는 잘 모르는지 시치미를 떼고 있지만 지금 발자국이 어디에 났는지 모를 정도로 잔뜩 겁을 먹고 걷고 있었다. 다른 사람들도 아무 말을 하지 않고 있지만 가슴이 조여 떠는 것은 마찬가지였다.

요한 모소바도 오늘은 지쳐 있다. 아직도 무엇이 무서워 기절할 정도로 믿음과 심신이 쇠약해 있지는 않지만 두 환자가 있어 잠시도 안심할 수 없었기 때문이었다.

요한 모소바는 마을 사람들 일로 수시로 드나들어 어디 비석하나 샅샅이 알고 있지만 얼마 전에 죽은 마을 처녀 때문에 신경이 쓰이고 초조한 생각이 든다.

유리라는 아가씨는 에리나와 학교를 같이 다닌 친구였다. 착하고 얌전했는데 그리고 공부도 잘하는 수재였다. 집안도 넉넉하게 잘 사는 명가의 외동딸로 곱게 자랐던 것이다.

부크레시티에서 대학을 마치고 영국으로 유학을 간 것으로 마을 사람들은 알고 있었는데 건강이 좋지 않아 집에서 요양을 한다는 소식이 들린지 얼마 되지 않아 곧 죽어 버리고 가족들은 처녀의 죽음을 극비에 부치고 요한 모소바에게만 알려서 이곳에 안장했던 것이다.

나중에 들리는 소문에 의하면 우여곡절은 분명하지 않으나 암스테르담 국제 홍등가에서 쇼걸로 일하다가 불치의 병을 앓았다고 소문이 있어 마을 사람들은 쉬쉬하면서도 에이즈로 죽었다는 소문이 비밀 아닌 비밀로 퍼져 있으나 딸 에리나에게 그 소식을 알릴 수가 없었다.

더구나 에리나도 그 지경으로 돌아왔으니 말이다. 그래서 요즘 요한 모소바는 자신을 위시한 이 마을 사람들이 그동안 무슨 죄업에 잘못을 저질렀을까? 안타까워하고 있다.

그의 부모의 비통 속에 안장했는데 매장을 하지 않고 노출된 돌관 속에 안치했다고 했다. 자외선에 노출시키기 위해서였다.

맨 앞에는 도리스, 그 뒤에 지이나 그리고 요한, 그 뒤에 에리나, 그 뒤엔 계오린 순으로 일렬 종대로 걸어오고 있는데 맨 뒤에 걸어오는 계오린이 이상한 소리를 하며 걸음을 멈추고 우뚝 선다.

"계오린 자네, 왜 그러고 섰어? 어서 오지 않고?"

"저기, 이상한 소리, 저기 보세요."

이들 일행은 모두 걸음을 멈추고 섰다. 그리고 서로를 쳐다본다. 에리나도 무엇을 본 모양이다. 와들와들 떨며 말을 못한다. 그때 도리스도 지이나, 요한 모소바 모두 계오린이 가리키는 방향을 보았다.

아니나 다를까?

파아란 불빛이 나비춤을 추며 교회건물을 지나 이리로 오고 있지 않은가?

도리스와 지이나가 질겁을 하며 요한 모소바의 품으로 안긴다.

나비춤을 추며 이리로 오고 있는 불빛은 비속을 뚫고 점점 가까이 오고 있다.

에리나도 요한 모소바의 어깨에 얼굴을 묻고 떨고 있다.

그때다. 계오린이 소리치며 달려 나간다.

"야, 위라크라 여기가 어디라고 덤비는 거야? 너 죽어봐. 이 악마야!"

까르르 깔깔 웃는 여자의 웃음 소리가 들린다.

파아란 도깨비는 어느새 하얀 산발을 하고 계오린과 결투로 불꽃이 튀고 있다. 계오린이 이리 치고 저리 치고 쌍발질을 하면 파아란 불빛이 이리저리 졌다가 다시 계오린을 휘감는다. 결투가 점점 격렬해지자 계오린은 보이지 않고 눈에 벌겋게 불을 켠 큰 짐승이 이리 뛰고 저리 뛰고 미쳐 날뛴다. 천길로 뛰며 혼을 빼 놓는다.

이 광경을 본 요한 모소바와 아이들은 기겁을 하며 '아악' 외마디 비명을 지른다. 요한 모소바 품속에서 기절했는지 동작이 없다.

요한 모소바는 직감하면서 비상수단을 강구한다. 미리 지니고 있던 마늘 엑기스를 그 짐승의 벌린 입에다 집어넣는다.

잠시 후 조용해졌다. 파란 불은 어디론지 사라졌다.

그리고 유리의 시체 옆에서 미세한 푸른 빛이 아직도 어리고 있다. 요한 모소바는 흙투성이가 되어 기절한 계오린을 깨워 간신히 집에 도착한다.

이게 웬일인가? 그렇게도 어두웠던 하늘은 한 줄기 노을 빛살을 집 안마당에 쏘이기 시작하더니만 잠시에 아름다운 저녁 노을로 아름답게 장식해 준다. 변화무쌍한 날씨. 스잔나는 오랜만에 만나는 자식들을 얼싸 안으며 기쁨을 감추지 못한다.

"이게 얼마나 오랜만이냐!"

기뻐 어쩔 줄을 모르는 스잔나는 어디서 힘이 솟는지 이리 저리 만찬준비에 정성을 쏟아 붓기에 바쁘다.

루이스 외숙부와 마리 외숙모는 미리 와 계셨다.

스잔나의 요리를 돕고 있던 마리는 이들의 손을 일일이 잡고 '이게 누구야' '넘 예뻐졌다.' '고생이 많았지?' 하며 반가움을 나누고 루이스 외숙도 조카들의 손을 일일이 잡으면서 반가움을 표시했다.

모두 너무나 반가워 좋아하는 바람에 자동차 사고, 도깨비 기절 사건 등 충격적인 사건 이야기는 꺼낼 시간이 없었다.

"계오린 선생님, 이 옷 갈아 입으세요."

목욕탕에서 샤워를 마친 계오린은 에리나가 주는 옷으로 갈아 입고 오늘 처음 만나는 마리와 루이스에게 인사를 했다.

거기에는 늘 요한 모소바가 지켜보고 있었다.

발갛게 타는 노을이 사그라들면서 서서히 어둠이 비케즈스 마을에 찾아들고 조명등에 불빛이 차츰 밝아져 갔다. 이들은 모두 둥근 식탁에 둘러앉기 전에 요한 모소바가 집전하는 미사에 참석 기도를 드린다. 오늘따라 미사는 심각하게 집전되었다.

우선은 온 가족이 한 자리에 모여 미사를 올리는 것이 쉽지 않다는 것도 있겠지만 요한 모소바가 세상에 태어나서 처음이자 마지막으로 비상한 결심을 천주에게 알려야 했다. 자연의 순리를 따라야 할 상생원리의 명령이 지엄하기 때문이었다.

참으로 그가 신명을 다 바쳐 기원하는 기도 속에는 다음과 같은 말이 들어 있었다.

"……주여! 인류사회에서는 늘 그런 일이 있어 왔습니다만 내가 가장 사랑하고 아끼며 평생을 통하여 주님께 바친 정성의 보람으로 여겨 기쁨과 꿈을 안겨 주던 에레나를 그리고 늘 자나깨나 상생원리 진리를 찾아 동분서주하며 심혈을 기울이시면서 오직 보은의 길을 찾아 나선 동양의 큰 시인을 희생양으로 천거하오니 굽어 살펴 거두시오면……."

그러나 마지막 요한 모소바의 이 기도문은 루이스 외는 아무도 듣지 못하였다. 요한 모소바는 너무나 엄숙하고 비상한 떨림으로 가슴 깊이 오열을 했기 때문이었다.

미사가 끝나고 모두는 둥근 식탁에 둘러 앉았다.

그러나 잠시 귓속으로 무슨 이야기를 나누는 요한 모소바와 루이스는 무슨 까닭인지 조금 후에 식탁에 정석한다. 두 사람은 나란히 앉아 눈빛을 마주하며 마음으로 또 다시 이야기한다.

"훌륭한 만찬이군요, 스잔나."

"내 동생 마리가 애를 많이 썼습니다."

모두 다 눈을 감고 요한 모소바의 집전으로 감사기도를 드린다.

요한은 복받치는 감정을 누르고 조용히 그리고 엄숙하게 말한다.

"주여! 마지막 만찬이옵니다. 굽어 살피소서!"

이렇게 기쁜 날에 스잔나의 가족들은 만남의 흥분 속에 요한 모소바의 감사기도 소리를 듣지 못한다.

다만 루이스만 가슴을 치고 있을 뿐이다.

글라스에 30년 묵힌 백포도주를 가득 채워 건배를 제의하는 스잔나는 에리나의 애인이자 동행인인 시인 게오린에게 부탁한다.

"게오린, 우리 모두 영광과 행복을 기원하는 건배를 부탁해요."

"네, 저에게 영광된 순간을 주셔서 감사합니다. 그럼 모두 잔을 높이 들어 주십시오."

"그래 나두."

김이 모락모락 나는 칠면조 요리를 식탁에 옮기던 마리가 뜨거운 손으로 잔을 들면서 행복해 한다.

"네, 자연의 섭리처럼 운명의 발걸음으로 이 자리에 참석한 저에게 한 가족으로 엮어 주시는 요한 모소바 아버지와 그 가족과 미래지향으로 세계 평화와 복지 인류 사회에 이 시혼을 바쳐 그리고 혼신을 바쳐 구원하겠습니다. 건배!"

계오린의 건배 서문은 지나치게 의미심장했다.

요한 모소바와 에리나를 제외하고는 그가 구세주처럼 위대한 위인이라 생각하겠는가? 하지만 에리나와 요한 모소바는 무언중에 교감을 느낀다.

계오린은 오랜간만에 허리띠를 풀어놓고 성찬을 마음껏 들고 마신다. 요한 모소바도 마지막 만찬을 후회없이 해주고 싶어 분위기를 이끈다. 칠면조 고기는 백포도주와 궁합이 꼭 맞다고 느끼는 계오린은 그동안 참았던 것을 다 마셔 버리기로 마음 먹는다. 에리나는 오린의 기뻐하는 모습에 무한한 행복을 느낀다.

"에리나, 두 사람 그렇게 나란히 있으니 너무나 닮고 잘 어울리는구나!"

"형님, 어쩌면 제 생각과 똑같습니까?"

"마리 아우도 그렇게 보이는가?"

"누가 보아도 그렇게 보인다 할 것입니다."

"어머니 제가 보기에도 그래요."

지이나가 한 편을 들고 나선다.

"그래요. 맞아요. 누나도 이제 한국에 가면 대단한 멋쟁이가 될 것입니다."

"그래? 한국이라는 데가 그렇게 문화가 발달한 나라인가?"

"그럼요. 콘크리트와 철책으로 쫙 내달리는 고속도로가 거미줄같이 나 있고 아득한 아파트 군단은 물론 단 몇 채의 집만 있어도 백철 방음벽이 하늘 높이 솟아 있어 마치 마을 집이 궁전같이 느껴지지요."

"그렇게 살기 좋은 나라인가 한 번 가봤으면 좋겠다. 계오린 조카 아니 에리나 조카님에게 잘 부탁합니다요."

"마리 숙모님, 여부가 있습니까? 제가 모시지요."

"그렇게 좋은가?"

"그럼요. 매일같이 홍수처럼 쏟아지는 신형 승용차가 그 도로를 내달리는 기분, 타봐야 압니다. 그리고 어디를 가나 상점과 물건 천지예요."

"어디를 가나 물건 천지?"

"네, 돈만 있으면 못 구할 것이 없지요. 선비사자가 붙은 사람도 마음대로 부리고 살 수 있는데 운전사, 목욕관리사, 미용사, 맛사지사, 안마사, 사자가 붙은 전문직업이 너무 많아 앞으로 진출하기 좋은 나라입니다."

"그뿐만 아니더라구요. 카드 한 장만 있으면 무일푼이라도 먹여주고 재워주고 씻어주고 만병통치약으로 통용되는데 너무나 편리하다 그런 말씀입니다. 뿐만 아니에요. 하고 싶은 것 다 할 수 있는 나라예요."

지이나가 카드를 들고 나오자 도리스는 복권을 들고 나오고, 지이나가 소품 악세사리를 들고 나오면 도리스는 오토바이를 들고 나온다. 이렇게 두 사람이 한국에서 곁으로 본 광경을 말하자 스잔나와 마리는 한국이 살기 좋은 꿈의 나라처럼 가보고 싶은 충동을 느낀다.

"러시아나 동남아에서 원정 온 아가씨들도 예쁘지만 한국 여성들도 무지하게 예쁘거든요. 춤 잘 추고 노래 잘 부르며 돈 잘 쓰는 사람들도 너무 너무 많은 나라입니다. 모르셨지요?"

시뻘겋게 달아오른 얼굴을 흔들어 가며 계오린도 거든다. 그런데 아직도 장작을 저장했다가 땔감으로 쓰고 있는 루마니아 인심들이 부러워하는 것은 당연하다 하겠지만 계오린은 천리 길을 달려도 겨우 몇 대의 자동차가 스쳐 가는 공해 없는 나라가 좋고 부러운 것이었다.

이렇게 주기는 점점 취해 가고 웃음 소리와 손뼉치는 소리가 번갈아 터져 나오는 즐거운 밤은 점점 깊어갔다.

스잔나는 자식들이 한 자리에 모여 즐거워하는 것을 지켜보면서 너무나 가슴 뿌듯한 기쁨과 보람이 넘친다.

이제 에리나가 결혼을 할 것이고 그러면 저들이 저렇게 자랑하는 한국에도 왔다 갔다 마음대로 할 것이니 어찌 행복하지 않으랴!

스잔나는 깊이 깊이 감추어두었던 최고급 백포도주를 꺼내와 계오린에게 권한다.

계오린이 비행기내에서 좋아했던 몇 배의 고급 포도주가 목구멍으로 넘어가면 코 끝에 향기가 사르르 간장을 서늘하게 한다.

도리어 노래와 춤이 저절로 흘을 메운다. 지이나와 도리스도 많이 취했다. 한국 자랑에 이어 회사 자랑이 끝도 없다.

세계 제일의 디지털 무선전화가 발달되어 수화기(핸드폰)는 세계 어디를 가나 손꼽는 제품이며 자동차, 철강, 선박 등을 생산하는 세계 굴지의 재벌들은 수십개의 자회사를 거느리고 수 만명의 직원들이 뛰고 있다.

지금은 세계 어디를 가나 'made in Korea'가 없는 곳이 없다.

정말 눈부신 발전이 아닐 수 없다. 지이나와 도리스가 입에 침이 마르도록 자기 회사를 사랑하는 것은 지어낸 말이 아니었다.

한국에 연수로 한 달간 다녀와서야 눈부신 발전보다 어두운 곳을 그들은 어떻게 볼 수 있었겠는가?

계오린은 한국의 칭송이 높아 갈수록 민망하고 가슴이 저려온다. 이렇게 눈부신 산업문명의 발전에 걸맞는 백의민족의 정신과 고요한 아침의 나라, 동방의 예절에 나라의 정체성이 살아 숨쉬는 문화로 승화하였더라면 안타까움에 가슴이 미어 온다. 그러하지만 계오린 그는 하루살이 위선으로 사악한 죄업이 하늘을 찌르고 있어 노란 하늘은 인류 멸망을 결심하기에 이른 이때에 하늘이 가리키는 길을 밝히기 위해 촛불로 타야 함을 깨닫고 있다.

사람들은 자기 스스로 좋아하고 자신 있는 노래를 부르다가 흥에 겨워 루마니아, 그리스 민요를 함께 부른다.

아리랑도 구성지게 넘어간다. 요한 모소바는 성탄 저녁이 이렇게 고조되어 가는데 개의치 않는다. 이 밤을 위해서 한편 드라큐라성 지방에서는 그동안 강력한 수사가 진행되고 있다.

잔인하고 처참하게 죽은 위라크라 잔해가 발견되면서 성을 수색한 결과 실종된 크라크 교수 등 수십 구의 시체가 발견된다. 사건의 전말이 미궁인 데다가 희생자들의 죽음이 심상치 않았다. 목적범은 아니고 그렇다고 우연범도 아니었다. 수사대에 참고인으로 나온 에바와 그 일행들은 다음과 같이 참고인 진술을 한다.

"대회의 마지막 일정이었습니다. 우리는 만찬을 즐기고 만취상태에서 이별가를 불렀지요. 모두 고향으로 돌아간 것으로 알았어요. 그런데 계오린은 어딘가 특별했어요. 하얀 옷을 길게 입고 늘 눈은 하늘을 바라보는 듯했습니다. 사람들과 잘 어울리면서도 어떤 여자를 경계하는 눈치였어요."

"어떤 여자라니요. 누구요?"

"아 있어요. 끝내 주는 여자!"

"뭘 끝내줘요? 에바 씨 당신도 같이 잤습니까?"

"아, 그게 재미있고 이상해요 스릴 만점이었는데."

"그 여자와 같이 잤는가 그것을 묻고 있소."

"술에 너무 취해서 분명히 같이 잔 것으로 알고 있었는데 내 애인이 따돌려. 나는 아니고 그 죽은 교수놈들만 잤다고 하는데 셋 다 시체로 발견되었어요."

"무엇, 집히는 것 없습니까?"

"글쎄요. 그 위대한 여자가 죽고 계오린과 에리나가 감쪽같이 사라진 것을 보면 알다가도 모를 일이란 말씀이야."

"계오린과 에리나?"

"그래요. 한국에서 온 위대한 계관시인인데 에리나는 유명한 야사 잡지 기자거든요. 이 두 사람이 어울리는 것을 보지 못했는데 이상하단 말씀이야."

"한국에서 온—."

"정말 알 수 없는 시인이었어요. 사람 같기도 하고 귀신같기도 하고."

"귀신 같기는요? 성인 같은 느낌이 들었어요. 왜 법전 같은 데서 나오는……."

에바 애인이 듣기에 거북했던 모양이었다.

수사대장은 점점 이상한 생각이 든다.

마을 사람들의 증언에 의하면 그 날 갑자기 폭풍우가 휩쓸며 박제되어 있던 늑대를 살피니 발악소리가 천지를 진동했다 하여 박제되어 있는 늑대를 살피니 이빨에서 사람 피가 감정되었다.

사나운 늑대와 결투, 살아남았다면 늑대보다 더 큰 용맹과 힘을 가진 존재일 거란 결론을 내리고 혹시나 하고 에리나의 고향을 추적하여 완전무장 정예 타격대를 이끌고 이 시간 현장에 도착, 공격에 앞서 장정들에게 가 보도록 했다.

"어서들 와요. 미리 초청을 못했는데 와서 고마워요."

스잔나가 마을사람을 반긴다.

요한 모소바도 일어서서 그들을 맞는다.

"노래 소리도 들리고, 즐겁게 보내는 것 같아 그냥 왔습니다."

"좋아요."

그 장정들 대부분은 에리나의 연배로 같이 자란 청년들이었다.

"오, 에리나 오래간만이야."

"오, 이게 누구야?"

"야, 반갑다. 정말 많이 달라졌구나."

"그래, 어떻게 지냈지? 결혼했니?"

"소문도 없는 무슨 결혼?"

이렇게 마을 청년들은 번갈아 가며 에리나와 악수를 한다.

그동안 굶주린 계오린과 에리나는 오랜만에 포식에다가 술까지 취하니 백혈에 굶주린 늑대의 발작이 폭발하기 시작하는 데다가 싱싱한 살내음을 맡으니 그 동안 극복한 광기가 한꺼번에 분출하고 만다.

무언가를 속삭이며 그들과 어둠 속으로 사라지자 에리나와 오린, '휘잇, 휘잇 까르르 까르르' 하다가 엉키고 설키더니 '워령 워령' 늑대의 포효소리와 불빛이 전자 포물선을 그리기 시작한다.

에리나의 남자 친구들은 매끄럽고 자극적인 이성의 접촉에 넋을 잃어버리고 두 마리 늑대는 이들을 한꺼번에 요리하려고 욕심을 부리니 괴기한 현상이 벌어지고 있다.

아수라장이 어둠 속에서 벌어지고 있으니 영문을 모르는 사람들은 공포에 벌벌 떨며 기절상태로 가고 있다.

예정 밖의 급박한 상황을 손전등으로 확인하는 타격대장 눈에는 도깨비 같기도 하고 사람 같기도 하여 어쩔 줄을 모르다가 사격명령을 내린다.

"땅 따따따 탕탕."

야광탄환이 레즈춤을 춘다.

요한 모소바가 예측한 대로 돌발적이고 위급한 상황이 벌어지고 있다. 일초도 시간이 없다. 요한 모소바 눈에 불꽃이 튀고 있다.

"루이스, 계획을 실행하게."

"위급합니다. 머뭇거릴 시간이 없어요."

"빨리 연락을 취하고 저들을 유인, 분리시키게."

"실행합니다. 전자봉과 약물을 주세요."

"약속대로 극비에 부쳐. 실수없이 포박해!"

"알았습니다."

이미 잠복해 있던 소방대원들은 발정나 펄펄 뛰는 늑대 두 마리를 재빠르게 분리시킨다. 그리고 유인하여 철책 박스에 가두는 데 성공한다. 누구도 당할 수 없이 무적의 힘이 솟는 늑대를 이렇게 간단히 포박할 수 있었던 것은 마늘 기름을 바른 특수복과 사전에 예행 연습한 것이 적중했기 때문이었다.

특수조명으로 길을 밝히는 소방차는 사라져 버리고 괴성과 아우성을 치는 마을 장정들은 모두 혼비백산되어 기절했다.

옷이 찢어지고 핏자욱이 낭자했지만 총탄이 비켜 지나가 중상이나 목숨을 잃은 사람은 다행히도 단 한 사람도 없었다.

시대의 재앙을 반영하는 상황이 이쯤에서 끝나자 정작 혼이 나간 사람은 수사대장이었다. 꼭 잡아야 종결을 지을 수 있는 늑대는 감쪽같이 사라지고 흔적도 없으니 말이다.

비케즈스 마을에는 새 아침이 오고 다시 해가 떠오르고 있다.

밤을 새면서 생각하며 헤맨 수사대장은 눈에 핏발이 시뻘겋게 섰지만 도무지 까닭을 모르겠다. 아침 일찍부터 어제 밤에 다치고 혼절한 마을 남, 녀 장정들을 모아 놓고 이야기 해 보아도 미궁이다.

"눈에 불을 켠 늑대가 갑자기 어디서 나타났어? 자세히 이야기 해 봐?"

"그게 전혀 알 수 없어요. 참으로 이상해요."

"집에서 누구와 어두운 밖으로 나갔었냐 말이야. 같이 나갔다면서 누구와?"

"친구 에리나와 나갔지요."

"그럼 에리나가 늑대로 변했단 말이야? 그래 에리나와 그 사내가?"

"아니예요. 에리나는 우리들에게 치료까지 해 주었어요."

"지금 에리나가 없지 않느냐 말이야. 언제 치료를 해 주었다고 하는 거야?"

"우리가 기절했다 깨어났는데 분명히 있었어요. 자기는 비행기 시간 때문에 밤에 간다고 또 만나자며 인사까지 한 걸요."

"이 정신 나간 사람들아, 지금 에리나가 없어졌어."

"무슨 정신나간 말을 하시는 거예요? 에리나는 아름답고 어여쁜 여자예요. 그녀가 그렇게 큰 늑대란 말이에요? 정신은 누가 나갔는지 모르겠네."

수사대장은 완전히 바보 꼴이 되고 말았다.

지이나와 도리스는 혼비백산이 되어 기절상태에서 깨어나니 아버지 요한 모소바가 명령을 했다.

"어디서 명수가 출현, 주택가를 침입했나 보다. 저기 다친 사람들이 있으니 너희들이 치료하고 위로하여라. 어서 빨리."

"네, 아버지."

"자, 여기 이것은 약이고 거즈다."

이렇게 지이나와 도리스가 마을에 에리나 연배의 친구를 만나 치료하고 돌아오니 언니 에리나와 계오린이 보이지 않아 사방을 두리번거린다.

"아버지, 언니는요?"

"오, 계오린과 한국행 비행시간 때문에 지금 막 출발했다."

"무슨 말씀이에요? 아무말 없었잖아요?"

"새벽에 출발해야 비행기 시간 안에 도착한다는구나."

"그럼 부크레시티로 가셨단 말입니까?"

"음. 그래 부크레시티로."

"밤중에 차가 어디 있어요?"

"오, 너의 외숙 차로 같이 갔어."

"여보, 그게 도대체 무슨 말씀이세요. 이 어미한테 한 마디 말도 없이 어디를 갔단 말이에요? 우리 에리나가."

"당신이 혼절하여 쓰러져 있어 그랬지."

"이제까지 그런 말 한 적이 없잖아요?"

"어저께 나한테 그렇게 말했어. 내가 그만 경황이 없어서 당신에게 의논하지 못했구면, 여보! 미안해요."

스잔나와 가족들은 감쪽같이 사라져 버린 언니와 계오린에 대해 궁금해 한다. 스잔나는 어깨를 들먹이며 울고 있다.

'인사도 없이 사라진 딸을 언제 다시 만날까?'

가슴에 메이도록 야속하고 억울해서 흑흑 흐느껴 운다.

'몹쓸 것! 어미가 저를 얼마나 사랑하는데 말 한 마디 없이 제 남자 따라 가버리다니……'

생각할수록 원통하다.

"여보, 그만해요. 피치 못할 사정이 있었겠지. 아니, 한국으로 갈 계획이 미리 짜여져 있었겠지."

그렇게 거짓말하는 요한 모소바의 비통한 마음은 하늘에 닿고 있었다. 다만 그들은 진정한 사제로서 시대의 죄업에 스스로 희생의 길을 선택한 선구자이다라고 자위를 하지만 솟구치는 눈물을 어쩔 수가 없다. 옆에 있던 마리도 흐느낀다.

지이나와 도리스도 따라 우니 스잔나의 통곡은 비케즈 호수로 메아리져 간다.

사계절 꽃이 피고 지는 비케즈스 마을. 낙농으로 생계를 이어가는 순박한 마을 사람은 무슨 인연이길래 시리도록 맑은 하늘처럼 순천하는 마음에 이토록 슬픔을 안겨주는가?

요한 모소바도 호수를 바라보며 정들었던 사람들, 그리고 자연의 구석구석 다시 보며 떠날 준비를 남몰래 정리한다.

요한 모소바는 구십 평생 눈이 오나 비가 오나 함께 해온 스잔나를 유심히 보며 아내로서 보다 친구로서 참으로 먼 길을 함께 걸어왔구나 싶다.

사랑하는 내 딸을 앞세워 희생양으로 보내기 전에 한시라도 내가 먼저 못다한 사죄를 빌어야겠다고 작심한 후로는 세상이 더욱 아름다워 보였고 못다한 일들이 많았다.

저 푸른 하늘이며 황토의 땅, 그리고 출렁이는 호수. 풀 한 포기, 나무 한 그루가 살아 있는 모든 것들이 뜻이 있어 왔다 가는 것을 만물의 영장이란 인류가 육신의 희락에 집착, 위선으로 점철되어 가는가.

불쌍한 것들. 사랑하는 내 딸과 동방의 시인 계오린은 너희의 죄업을 대신하여 설봉의 깃발로 나부긴다.

"여보, 나 고향엘 다녀와야겠소. 사제복을 준비해 주오."

"고향이라니요?"

"그래타 말이요."

"네?"

"왜 그렇게 놀라요. 그래타 아이슬랜드에 가보려구요."

"어떻게 거기까지 가신다 말씀이에요? 그 기력으로… 갑자기 무슨 일입니까?"

"갑자기라니요. 늘 생각하던 고향 아니요. 지금 작심한 것뿐이지 언제고 돌아간다는 연습을 하고 있었소."

스잔나는 지금 요한 모소바가 무슨 말을 하고 있는지 알아차렸다. 가슴 속이 치밀어 오면서 앞이 캄캄하다.

'올 것이 왔구나. 그럼 나는 어떻게 하지?'

"여보! 나는 어떻게 하라구요? 같이 가십시다. 혼자는 보낼 수 없어요."

"여보! 당신은 지이나와 도리스가 있잖아요. 조금 있다 와요."

"그렇게는 못해요. 함께 가야 돼요."

"그만 억지 쓰고. 당신도 이제 늙어 어린아이가 된 것 같소. 하늘과 땅과 호수와 살아 있는 모든 것들이 아름답지 않소? 좀더 구경하오. 자연의 섭리를 따르는 게 사람의 도리요."

"자연의 섭리라니요? 이 양반이. 언제는 천주만 따르라 해 놓고 이제 말을 바꾸는 거예요?"

"아니요. 아니라니까. 다 같은 말이요."

"뜻이 다르지 않습니까? 천주를 따르라는 것. 성전을 따르라는 말씀인데 성전은 교리의 법전 아닙니까?"

"그것은 당신 생각이 맞소. 자연의 섭리는 명문으로 된 법전이 없지만 질서가 엄연합니다. 우리 에리나와 계오린 시인은 그 질서 대자연의 법, 상생원리를 따라 갑니다. 결국 세상일은 엄연할 뿐 적당한 것이 없음을 나는 비로소 깨달았습니다."

"여보, 그럼 우리 에리나와 계오린 시인이…?"

"그렇소. 너무 슬퍼하지 마오. 그 어미인 당신한테만 알려주는 것이니 누가 기미를 채서는 절대 안 되오."

"오! 불쌍한 것."

스잔나는 하늘이 무너져 내리는 아픔을 억제한다.

"여보 그들은 불쌍하지 않소. 오히려 나와 당신이 더 불쌍한 존재요. 여보, 이대로는 안 됩니다. 여보!"

스잔나는 가슴 속으로 눈물을 쏟으며 떠나는 남편 요한 모소바의 마지막 뒷모습을 보이지 않을 때까지 눈물로 지켜본다.

스잔나는 아직도 멋모르는 지이나와 도리스 저 불쌍한 것들을 위해 슬픔을 삭혀서라도 이 집을 지켜야지 하며 다짐한다.

시리도록 청명한 하늘에 크나큰 백로가 떠간다. 어디선가 돌아온 루이스가 손을 흔들다 말고 눈물을 펑펑 쏟는다.

"루이스 왜 그래. 무슨 일이야?"

"누님 그들이에요."

"그들…?"

스잔나가 유심히 바라보려 했을 땐 하얀 백로는 저 멀리 사라지고 있다.

"루이스, 하얀 색이지?"

"예 그래요. 누님."

루이스의 눈물은 울컥울컥 소리를 낸다.

절며 걷고 걸어 요한 모소바가 비케즈산 현곡에 도착했을 때 하얀 백로는 비케즈산 최고 설봉 위를 선회하고 있다.

요한 사제가 혼신을 다해 검은 깃발을 흔들고 흔든다.

그때 눈부신 빛살 속에 하얀 백로가 내려앉으며 무언가 두고 사라진다. 잠시 후에 빛살 속에 나부끼는 새하얀 깃발. 그들은 바로 계오린과 에리나였다.

아직도 아니 영원히 인간이 접근하지 못한 높고 높은 설봉에서 새하얀 깃발은 신기루처럼 나부끼고 있다.

만물의 영장인 인간으로서 부모의 도리를 다한 요한 모소바가 사력을 다해 흔드는 검은 깃발은 벼랑 끝 망천바위로 굳어 영겁으로 사람 도리를 표상하였다.

지구촌의 운명이 다하도록 피고 지고 필 에델바이스 새하얀 빛이여!

오—! 빛부신 새하얀 저 깃발 우주가 끝나는 그 날까지 나부끼리라!

흙 속에 있다.

사랑은 몸으로 하는 것 아니야
사랑은 마음으로 하는 것 아니야
그래서 사랑은 거짓이 아니야

이 세상 산다는 그것들이
사랑으로 엮어져 가기에
스스로를 버리는 것만큼 사랑은 자란다.

천송이 꺾어온 장미보다
작은 한 그루의 뿌리 장미가
내일을 사는 희망일 것이니

꿈은 흙 속에서 자란다.
꿈은 흙을 먹고 사나 보다
그래서 꿈과 사랑은 흙 속에 있다.

백한이 장편소설

백혈귀 위라크라

●

지은이 / 백한이
펴낸이 / 김재엽
펴낸곳 / 한누리미디어

●

100-845, 서울시 중구 을지로 2가 148-73
신화빌딩 401호
전화 / (02)2278-4513, 2268-4514
팩스 / (02)2268-4524

●

등록 / 제16-467호(1993. 11. 4)

●

초판발행일 / 2003년 9월 20일

●

ⓒ 2003 백한이 Printed in KOREA

●

값 10,000원

●

E-mail/hannury2003@hanmail.net

※잘못된 책은 바꿔드립니다.
※저자와의 협약으로 인지는 생략합니다.

●

ISBN 89-7969-229-3 03810